W0371671

Langenscheidt

The Mysterious River – Der geheimnisvolle Fluss

von Paul Jansen

Langenscheidt
München · Wien

Lektorat: Maren Giering-Desler
Englischsprachiges Lektorat: Charlotte Collins
Illustrationen: Anette Kannenberg

www.krimis-fuer-kids.de

www.langenscheidt.de

© 2017 by Langenscheidt GmbH & Co. KG, München
Satz: Franzis print & media GmbH, München
Druck: Druckerei C. H. Beck, Nördlingen
Printed in Germany

ISBN 978-3-468-20845-4

17010

Inhalt

Ein Ausflug auf dem Mars

Bang! Bang!

Der Ruck warf Kevin beinahe aus dem Sattel. Auf dem sandigen Feldweg hatte er Mühe, sein Mountainbike wieder unter Kontrolle zu bringen. Ein hässliches Flappen mischte sich unter das Knirschen der Reifen und hörte erst auf, als das Rad zum Stehen kam.

Kevin stieg ab und begutachtete den Schaden. Was er sah, ließ ihn aufstöhnen. Vorder- und Hinterreifen waren von unzähligen kleinen Dornen gespickt und flach wie Pfannkuchen. Da konnte er auch mit dem Flickzeug nichts mehr ausrichten.

Es war wohl doch keine gute Idee gewesen, durch die knöchelhohen Sträucher am Wegrand zu fahren, dachte er. Der Anfall von Übermut hatte sich schnell gerächt. Woher hätte er wissen sollen, dass diese unscheinbaren Gewächse derart stachelig waren?

Dabei hätte Kevin ahnen können, dass seine erste Erkundungsfahrt in diesem Land ein Desaster werden würde. Schon die Wochen vor dem Umzug waren furchtbar gewesen, der Flug lang und öde, und obwohl seine Eltern und er vorgestern in Waikerie eingetroffen waren, hatte er immer noch einen Jetlag.

Dennoch: Zwei Platten in einer Sekunde waren ein starkes Stück.

“Das muss Weltrekord sein”, sagte Kevin.

Er musste keine Sorge haben, jemand könnte seine Selbstgespräche mithören. Die Landschaft, die sich unter dem mattblauen Himmel erstreckte, hatte genau zwei Eigenschaften: Sie war orangerot, und sie war menschenleer. Wie auf dem Mars. Nur die kleinen grünen Männchen fehlten.
Zum Glück war er nicht auf dem Mars, obwohl es dort kaum trostloser sein konnte als in dieser Gegend. Wenn man von orangeroten Hügeln, Dornensträuchern und hier und da einem dürren Baum absah, schweifte der Blick ins Leere.
Okay, das stimmte nicht ganz. Nicht weit entfernt brach sich die Sonne in einem kleinen Teich. Es war die erste Wasserfläche, seit der Feldweg sich kurz hinter der Stadt vom Fluss getrennt hatte.
Bis hierher war Kevin eine gute halbe Stunde gefahren. Für den Rückweg war an Fahren nicht zu denken, und zu Fuß würde er bis nach Hause mindestens die dreifache Zeit brauchen.
Nach Hause. Von wegen!
Zu Hause, das war Deutschland. Doch er war in Australien, auf der anderen Seite der Erdkugel. Zu Hause läge er in diesem Moment schlafend im Bett – durch die Zeitverschiebung war es dort gerade mitten in der Nacht, während ihm hier die Nachmittagssonne auf den Schädel brannte.
Überhaupt, diese Hitze! Als sie in Frankfurt ins Flugzeug stiegen, war das Wetter nasskalt gewesen. So ge-

hörte es sich auch für den November. Doch in der australischen Backofenhitze floss Kevin regelrecht dahin. Er wagte gar nicht daran zu denken, wie Weihnachten bei solchen Temperaturen werden würde. Die Hoffnung auf Schnee konnte er sich jedenfalls abschminken: Seine Mutter hatte gesagt, hier Down Under fange der Sommer gerade erst an.

Dann hatte sie gelacht.

Aber sie war auch nicht gegen ihren Willen in ein fremdes Land verschleppt worden.

Karin Freitag war Wasserbauingenieurin und sollte in den nächsten zwölf Monaten ein Bewässerungsprojekt für die Stadt Waikerie leiten. Kevin und sein Vater Martin mussten natürlich mit nach Australien. Dabei hatte Kevin nicht die geringste Lust gehabt, seinen besten Freund Grütze, seinen Fußballverein Hannover 96, kurz: sein ganzes Leben zurückzulassen, um ein Jahr lang in irgendeinem Kaff am Hinterteil der Welt zu wohnen.

Also hatte er die Arme vor der Brust verschränkt und seinen Eltern ganz gelassen gesagt: "Ihr könnt gerne nach Australien gehen. Ich bleibe jedenfalls hier."

Leider interessierten sich die Erwachsenen nicht die Bohne für die Meinung eines Zwölfjährigen.

Und so stand er nun allein in der australischen Wildnis, allein mit einem kaputten Fahrrad und mieser Laune.

Und Durst. Kevin leckte sich über die Lippen. Ihm

fiel ein, was seine Mutter extra gesagt hatte: Dass er nie ohne Wasser aus dem Haus gehen sollte. Um zu zeigen, dass er stinkwütend auf sie und Martin war, hatte er seine Trinkflasche absichtlich auf dem Küchentisch stehen lassen. Da hatte er auch noch nicht wissen können, dass er sich zwei Platten einhandeln würde. Wenn er in ein paar Stunden nach Hause kam, würde er halb verdurstet sein.

Kevin hätte schreien können.

Falsch: Er konnte schreien – niemand war in der Nähe.

Er holte Luft und brüllte: "Scheiße!"

Er erschrak ein wenig vor seiner eigenen Stimme. Vielleicht hatte ihn doch jemand gehört? Aber bis auf ein Vogelkrächzen war es still. Er holte erneut Luft. Irgendwann war er heiser und seine Ohren klingelten, aber seine Laune war nicht mehr ganz so düster. Kevin wollte sich schon auf den Heimweg machen, als er sich vor die Stirn schlug. Er brauchte nicht durstig zurückzugehen – direkt vor ihm lag ein Teich!

Kevin lehnte das Rad an ein Schild, auf dem "**Trespassers will be prosecuted**!" stand, und ging zum Ufer. Der Tümpel war kreisrund und lag in der Mitte einer recht grünen Senke. Einige Bäume spendeten Schatten. In den Ästen hockten weiße und rosafarbe-

Trespassers will be prosecuted. Widerrechtliches Betreten wird strafrechtlich verfolgt.

ne Vögel, in denen Kevin zu seiner Überraschung Papageien erkannte.
Er tauchte eine Hand ins Wasser. Es war kühl und trübe. Als er die Hand wieder herauszog, schwamm ein kleines Tier in seiner Handfläche. Es sah aus wie ein Wurm mit Ringelschwanz und Beinen. Angeekelt schüttete Kevin das Wasser zurück. Vielleicht sollte er mit dem Trinken doch lieber warten, bis er zu Hause war.
Von fern erklang ein Motorengeräusch. Kurze Zeit später tauchte am oberen Rand der Senke ein Geländewagen auf. Die Windschutzscheibe war mit rotem Staub verkrustet, so dass Kevin das Gesicht des Fahrers nicht sehen konnte.
Zum ersten Mal kam ihm die Möglichkeit in den Sinn, dass er sich auf Privatbesitz befand. Ihm fiel ein, dass er auf seinem Weg mehrere Zäune und Gatter passiert hatte. Und hieß "trespass" nicht so etwas wie "unbefugtes Betreten"? Hoffentlich bedeutete "prosecuted" dann nicht "Mach dich schon mal auf eine Tracht Prügel gefasst, Bürschchen".
Die Beifahrertür ging auf, und dahinter kamen zwei Beine in Jeans und Arbeitsschuhen zum Vorschein. Ein kariertes Hemd folgte, aus dessen Ärmeln schlanke sonnengebräunte Arme ragten.
Zuletzt erschien der Kopf. Er gehörte einem Mädchen mit blonden Haaren. Kevin schätzte sie auf dreizehn oder vierzehn Jahre.

"I **wouldn't** drink **that if I were you**", sagte sie. Kevin wollte etwas sagen. Dann klappte er den Mund wieder zu. Er hatte den Moment gefürchtet, in dem er zum ersten Mal englisch sprechen musste, denn er rechnete fest damit, sich zu blamieren.
"**Do you need help**? I **thought** I **heard** you **scream**."
Kevin verstand genug von dem, was das Mädchen sagte, um sich den Rest zusammenzureimen. Es war ihm entsetzlich peinlich, dass sie ihn schreien gehört hatte.
"Mir geht's prima", wiegelte er ab, "alles in bester Butter."
An ihrem Stirnrunzeln bemerkte er seinen Fehler.
"Ich meine, äh, I **mean**, erm ..." Jetzt wurde er auch noch rot.
"Excuse me?"
"**I'm fine**, thank you", brachte er endlich zustande.
Das schien sie zu verstehen.

---

wouldn't würde nicht
that das
if I were you an deiner Stelle
do you need brauchst du
help Hilfe
thought dachte
heard hätte gehört
scream schreien
mean meine
I'm fine. Mir geht's gut.

"You're the new boy, from the German family, **aren't you?**"
"Yes. How do you know?"
"**News travels fast around here**. **There isn't much**."
Sie streckte die Hand aus. "I'm Muriel."
"I'm Kevin."
Muriels Händedruck war erstaunlich fest. Als sie vor ihm stand, bemerkte Kevin, dass sie eine Handbreit größer war als er. Unauffällig stellte er sich auf die Zehenspitzen.
"**Are you trying** to catch **some** yappees?", fragte Muriel.
"Wie? Äh, ich meine, what?"
"*Yappees.* **Freshwater shrimps**. They live in the billabong."
"Shrimps? Billabong?" Kevin verstand nur Bahnhof.
"The **waterhole**. It's called a billabong. Don't you have them in **Germany**?"

---

aren't you? stimmt's?
News travels fast. Nachrichten verbreiten sich schnell.
around here hier in der Gegend
there isn't es gibt nicht
much viele
are you trying versuchst du
some einige
freshwater shrimps Süßwasserkrabben
waterhole Wasserloch
Germany Deutschland

"Äh … I don't think so. But we have **lakes** and rivers." Kevin stellte überrascht fest, dass er halbwegs flüssig englisch sprechen konnte, wenn er es einfach tat und nicht zu viel darüber nachdachte.

Muriel betrachtete sein plattes Fahrrad. "Having bike **trouble**?"

"Yes. **I'll have to** walk **back** to Waikerie."

"I can **give you a lift**." Sie deutete auf den Geländewagen.

Kevin zögerte. Die Aussicht, nach Hause gefahren zu werden, war verlockend. Andererseits hatte er den Fahrer des Wagens noch gar nicht gesehen.

"I'm **not sure** …"

"It's **a long way**. And **if** Dillon **catches** you here, you'll **be in trouble**."

"Dillon?"

---

lakes Seen
trouble Probleme
I'll have to … ich werde … müssen
back zurück
give you a lift dich mitnehmen
not nicht
sure sicher
a long way weit
if wenn
catches erwischt
be in trouble Ärger bekommen

Donner

"This is his land, and he doesn't like trespassers. I hear he keeps a **gun** in his car."

"A gun?", wiederholte Kevin entsetzt. "But … he **does**n't **shoot** people on his land, right?"

"**Only** if they're not **Aussies.**"

Es dauerte eine Weile, bis Kevin bemerkte, dass Muriel lachte.

"**I'm just kidding!** Dillon doesn't shoot people."

"So he doesn't keep a gun in his car?"

Ihr Lachen erstarb. "No, that **was true**."

Vor Kevins innerem Auge brauste ein zweites Auto in ihre Richtung. Ein bulliger Mann saß darin und zog eine große Pistole aus dem Handschuhfach.

"Okay, let's go", sagte er.

Muriel stieg auf die Ladefläche des Pickup-Trucks und räumte Rechen, Harken und mit Unkraut gefüllte Eimer zur Seite, um Platz für das Fahrrad zu schaffen. "I **was weeding** on my family's farm. My

---

gun Waffe
does shoot erschießt
only nur
Aussies Australier
I'm just kidding! War nur ein Scherz!
was war
true wahr
was weeding habe Unkraut gejätet

parents **own** the **property** next to Dillon's. I'll **show** you **when** we **get there**. **Now** give me the bike."
Kevin stemmte das Fahrrad nach oben. Sie nahm es ohne erkennbare Mühe entgegen und legte es auf die Ladefläche.
Das Wageninnere war klimatisiert und wunderbar kühl. Der Fahrersitz war leer. Kevin stutzte. War Muriel selbst gefahren? Sie sah nicht so aus, als sei sie alt genug für einen Führerschein.
Muriel schwang sich hinters Steuer. Es war auf der falschen Seite. Natürlich, in Australien herrschte Linksverkehr, und die Lenkräder waren rechts angebracht.
"You are old **enough** to have a **driver's licence**, aren't you?", fragte er vorsichtig.
"No. You?"
Muriel drehte den Zündschlüssel und gab Gas. Kreischend stoben die Papageien aus den Baumkronen empor. Erschrocken tastete Kevin nach dem Anschnallgurt.

---

own besitzen
property Grundstück
show zeigen
when wenn
get there dort ankommen
now jetzt
enough genug
driver's licence Führerschein

"But **don't worry**", ergänzte sie, "**I'm allowed to** drive here in the fields, but if Shannon catches me driving on the **road**, I'll be in big trouble. Shannon McGraw is the Waikerie **policewoman**."
Der Wagen zog eine breite Staubwolke hinter sich her. Muriel nahm einen anderen Weg als den, dem Kevin gefolgt war. Zu ihrer Linken glitzerte das breite Band des Flusses in der Sonne. Er sah zurück und bemerkte, dass der Billabong dicht am Flussufer lag, nur durch einen Hügel von der breiten Wasserfläche getrennt.
Im nächsten Augenblick fesselte etwas anderes seine Aufmerksamkeit: Ein großes Tier mit einem langen Schwanz schreckte aus einer Sandkuhle hoch und hüpfte mit weiten Sätzen davon. Es sah aus, als stamme es aus einem Jump'n'Run-Computerspiel.
"**Look!**", rief er begeistert. "A kangaroo!"
"Yeah." Muriels Überschwang hielt sich in Grenzen. Vermutlich sah sie jeden Tag Kängurus.
Sie zog eine Flasche unter dem Sitz hervor. "You

Don't worry. Mach dir keine Sorgen.
I'm allowed to ich darf
road Straße
policewoman Polizistin
Look! Schau!

must be thirsty. **Have some rainwater**. And next **time** you ride your bike, take your **own** bottle."

Kevin nahm einen tiefen Zug. "Why can't I drink from the billabong?"

"You can drink from it. But it's **safer** to drink your own water."

"Why?"

"You **never** know what's in a billabong. A **dead** goat, **for example**."

Bald kamen sie an einen Zaun mit einem Tor, das die Straße versperrte. Nicht weit davon entfernt standen Kühe und glotzten das Auto an.

"Kevin, **could** you please **open** the **gate** and close it after the car?"

Kevin stieg aus, löste den Riegel und schob das Tor auf.

---

must musst
have *hier:* nimm
some etwas
rainwater Regenwasser
time Mal
own eigene
safer sicherer
never nie
dead tote
for example zum Beispiel
could könntest
open öffnen
gate Tor

"So now we're on your land?", fragte er, als er wieder im Auto saß.
"Yes", erklärte Muriel. "It's a small farm, but it's ours. **Most** of it is a **vineyard**, but we have some **cattle** too. The fence keeps them on the land, and keeps **feral** animals off it."
"Feral animals?"
"Animals from **other countries**, **like** rabbits and foxes. They **were brought** to **Australia**, and now they **destroy** the **native plants** and animals."
Sie erreichten eine Plantage, die aus unzähligen Reihen brusthoher Rebstöcke bestand. Wenn Muriel diese Farm als klein bezeichnete, wie sah dann eine große aus?
Ihre Stimme riss Kevin aus seinen Gedanken. "What **does** 'Scheiße' **mean**?"
Er starrte sie entgeistert an. "What?"

---

most der größte Teil
vineyard Weingut
cattle Rinder
feral wilde
other andere
countries Länder
like wie
were brought wurden mitgebracht
Australia Australien
destroy zerstören
native heimischen
plants Pflanzen
does mean bedeutet

"You know, the word you were screaming, back at the billabong."

"It, erm, it means ... help." Er drehte sich weg und sah angestrengt nach draußen.

Es dauerte noch eine ganze Weile, bis sie endlich wieder die Zivilisation erreichten – oder das, was man hierzulande für die Zivilisation hielt. Ein Haus mit bunten Vorhängen, drei Wellblechschuppen und mehrere große Tanks umgaben einen staubigen Hof. Im Schatten lag wie ausgestopft ein Hund. Hinter dem Haus verlief ein Zaun, jenseits davon eine asphaltierte Straße, und nicht weit entfernt leuchteten die Dächer von Waikerie.

Muriel lenkte das Auto in einen Schuppen.

"Here we are. We're neighbours – your house is just **over there**."

---

over there da drüben

"Okay, I'll –"
"Wait here. I'll **ask** my father to drive you."
Sie wollte ins Haus laufen, doch Kevin hielt sie zurück. "It's okay. I can walk from here."
Sie sah ihn verwirrt an. Dann zuckte sie mit den Achseln.
"If you like."
Als sie Kevin das Fahrrad vom Wagen reichte, steckte er betont lässig eine Hand in der Hosentasche und nahm das Rad mit der anderen entgegen. Natürlich ließ er es fallen, wobei der Lenkergriff schmerzhaft gegen seine Leiste prallte.
Muriel sah neugierig zu ihm hinab. "**Are you all right?**"
"Yes, I'm … fine. **Thanks**." Kevin biss die Zähne zusammen, hob das Rad auf und schob es in Richtung Straße. Zum Glück konnte er sich auf den Lenker stützen, sonst wäre seine Blamage noch größer gewesen.
"**You're welcome**", rief Muriel ihm nach. "I'm **glad** I could … *scheiße* you."

---

ask bitten
Are you all right? Geht's dir gut?
Thanks. Danke.
You're welcome. Gern geschehen.
glad froh

News from Home

Username and *password accepted*. Login *complete*.
User KevMaster, *welcome* to the chatrooms of www.*across-the-globe*.de.
There is 1 other user logged in. Username: Gruetze314.

Gruetze314: Kevin? Is that you?
KevMaster: Yes, it's me.
Gruetze314: Good morning. Nice to read you.
KevMaster: Morning? It's 5:30 in the evening here.
KevMaster: Und warum zum Teufel chatten wir eigentlich auf Englisch?
Gruetze314: Ich dachte, du hast vielleicht schon verlernt, deutsch zu reden. Oder zu tippen.
KevMaster: Bullshit.
KevMaster: Quatsch, meine ich natuerlich.

---

home zu Hause
username Benutzername
password Passwort
accepted angenommen
complete vollständig
user Benutzer
welcome willkommen
across the globe quer über den Globus

Gruetze314: Man weiß ja nie.
Gruetze314: Ihr habt also mittlerweile Internet im Haus?
KevMaster: Nee. Meine Mutter kann schon ueber irgendein kabelloses Netzwerk surfen, aber du weisst ja, dass ich ihren Laptop nicht benutzen darf.
Gruetze314: Wie bist du dann online?
KevMaster: In der Buecherei gibt es drei Internetrechner. Die Tastaturen sind ungefaehr so versifft wie das Schulklo nach dem Abischerz. Natuerlich haben sie keine Tasten fuer die Umlaute. Schoene Sch%@$&!

Gruetze314: Ich sehe, es gefällt dem KevMaster in Australien. Wie ist denn das Leben in Waikerie, der weltbekannten Metropole?
KevMaster: Ach hoer bloss auf. Stell dir das langweiligste Kaff der Welt vor und multiplizier es mit 100. Dann weisst du, wo ich jetzt gerne waere.
Gruetze314: LOL! So schlimm?
KevMaster: Schlimmer. Die Leute hier sind entsetzliche Landeier. Ich bin mit einem Maedchen im Auto mitgefahren, das dachte, sie waer Vin Diesel.
Gruetze314: Moment. Du bist zwei Tage weg und wirst schon von Tussis im Auto mitge-

nommen!?! Wer sind Sie, und wie kommen Sie an Kevins Chatpasswort?

KevMaster: Haha. Muriel hat keinen Fuehrerschein. Sie darf nur auf der Farm ihrer Eltern fahren.

Gruetze314: Muriel, soso. Habt ihr euch schon geküsst?

KevMaster: Sei bloss still. Sonst stecke ich deinen Eltern, was auf deiner Counterstrike-CD wirklich drauf ist. Ausserdem wuerde ich Muriel nicht mal kuessen, wenn sie das letzte Maedchen auf der Welt waere.

Gruetze314: Das klingt nicht sehr überzeugend.

KevMaster: Leck mich.

Gruetze314: Kevin ist verliebt, Kevin ist verliebt!

KevMaster: Hey! Mein Tag war schlimm genug. Geh du mir nicht auch noch auf den Keks.

Gruetze314: Okay, ist ja gut. Hat sie dich denn wenigstens rangelassen?

KevMaster: DAS REICHT! Ich hatte dich gewarnt. In fuenf Minuten kriegt dein Vater eine E-Mail von mir, und dann macht er dir die Hoelle heiss!

Gruetze314: Ans Lenkrad, du Nixblicker! Ob Muriel dich auch mal mit dem Auto fahren lässt, will ich wissen.

KevMaster: Aeh ... ach so ...
KevMaster: Nein, ich bin nicht gefahren. Ich hab gar nicht dran gedacht zu fragen.
KevMaster: Mist.
Gruetze314: Ja, das ist der Kevin, den ich kenne. Der beste Freund, aber auf die einfachsten Sachen kommt er nicht.
KevMaster: Sei lieber froh, dass du nicht in diesem oeden Land feststeckst. Ich schwoere dir, hier sieht es aus wie in der Wueste.
Gruetze314: Outback.
KevMaster: Wie?
Gruetze314: Outback. So nennen die Australier ihre Wüste.
KevMaster: Gruetze, das wandelnde Lexikon. Was wuerde ich nur ohne dich tun?
Gruetze314: Dich verirren.
KevMaster: Haeh?
Gruetze314: Wenn du deine E-Mails checkst, wirst du ein paar detaillierte Luftaufnahmen von Waikerie und Umgebung finden. Vielleicht helfen sie dir, deine nächste Radtour zu planen.
KevMaster: Danke. Wo hast du die Bilder her?
Gruetze314: Du kennst ja mein Motto: Man findet alles, wenn man nur an der richtigen Stelle sucht. Also, ein Hoch auf das Internet: Hipp, hipp ...

KevMaster: ... hurra!
KevMaster: Trotzdem hoffe ich, dass du die Bilder gegoogelt hast. Es ist naemlich verboten, den Server der australischen Landvermessungsbehoerde zu hacken, weisst du?
Gruetze314: Server der Landvermessungsbehoerde ... Gute Idee! Den muss ich mir unbedingt ansehen.
KevMaster: Gruetze, du bist zwar ein Computergenie, aber irgendwann erwischen sie dich trotzdem.
Gruetze314: Tipp mir nach, Kevin: White Hat.
KevMaster: Was?
Gruetze314: Ich bin ein White Hat, einer von den guten Hackern. Wenn ich eine Sicherheitslücke entdecke, nutze ich sie nicht böswillig aus, sondern sage Bescheid, damit sie geflickt werden kann.
KevMaster: Soso. Apropos Flicken, ich habe mir heute zwei Platten geholt.
Gruetze314: Passt du immer noch so gut auf, wo du hinfährst?
KevMaster: Das ist es nicht. Hier wachsen ueberall so dornige Straeucher. Das ganze Land ist wie eine riesige Brombeerhecke.
Gruetze314: Kauf doch Reifen ohne Luftschlauch. Damit kannst du durch die Dornen fahren, so viel du willst.

KevMaster: Das gibt's?

Gruetze314: Klar. Kannst du im Internet bestellen. Du weißt ja: Man findet alles ...

KevMaster: ... wenn man nur an der richtigen Stelle sucht. Aber wer weiss, ob sie nach Waikerie liefern oder ob das Kaff zu abgelegen ist.

Gruetze314: Hehe.

Gruetze314: So, ich muss los. Die Schule wartet.

KevMaster: Richtig, bei euch ist es ja frueh am Morgen. Was steht auf dem Programm?

Gruetze314: Englischarbeit, Grammatik. Sei bloß froh, dass du nicht mitschreiben musst.

KevMaster: Hm.

Gruetze314: CU.

User Gruetze314 has logged out.

There are 0 other users logged in.

KevMaster: See you too.

Goodbye, KevMaster.

User KevMaster has logged out.

---

there are es sind

Das 23. Flussfest

"Ist das nicht ein bezauberndes Frühlingsfest? So etwas gibt es in Hannover nicht."
Ein Glück, denn dann müssten wir dort so schnell wie möglich wegziehen, wollte Kevin seiner Mutter antworten. Nur der Geruch nach Bratwurst und Zuckerwatte hielt ihn davon ab. Der richtige Zeitpunkt, um kundzutun, was er von diesem dämlichen Fest in dieser dämlichen Stadt hielt, war noch nicht gekommen. Erst würde Kevin sich von seinen Eltern ordentlich Essen und Getränke spendieren lassen.
Zu dritt standen sie unter einem Transparent, das zwischen zwei Bäumen hing: *23rd* ***Annual*** *Spring River Day*. Dahinter breiteten sich die Uferwiesen aus, die am oberen Ende der Stadt den mächtigen Fluss einrahmten. Man hatte eine kleine Bühne aufgebaut und eine Handvoll Getränke- und Grillstände. Außerdem sah Kevin zwei Luftballonverkäufer, eine abgesperrte Grasfläche zum Hufeisenwerfen und als Hauptattraktion ein Kinderkarussell.
Wenn es nicht so traurig gewesen wäre, hätte Kevin laut gelacht.
Seine Mutter war gegen diesen kümmerlichen Anblick offenbar immun.

---

annual jährlicher

"Sogar der River Murray ist geschmückt", quietschte sie wie eine verliebte Fünftklässlerin.
Ratlos betrachtete Kevin den Fluss. Meinte sie etwa die unförmigen Gebilde im Ufersand, die wie schwimmender Sperrmüll aussahen? Nein, vermutlich hatte sie die rostigen Hausboote im Sinn, an deren Leinen vereinzelte Fähnchen flatterten.
Martin Freitag wischte sich mit einem Taschentuch über die Stirn. Obwohl er ein frisches Hemd trug, hatte er schon wieder dunkle Achselflecken.
"Ja, richtig urig. Und heiß. Findest du nicht auch, Sohnemann?"
"Du hast wie immer recht, Dad. Jedenfalls dann, wenn du mit 'urig' so viel wie 'armselig' meinst."
"Du bist immer noch sauer", stellte Karin fest.
"Ach, lass den jungen Mann ruhig grummeln. Bald wird es ihm hier genauso gut gefallen wie uns."
"Sicher. Und an Weihnachten schneit es", bemerkte Kevin.
Sein Vater runzelte die Stirn. "Nun komm schon. Waikerie richtet ein Fest aus, um uns willkommen zu heißen. Ist das kein Grund, sich zu freuen?"
"Willkommensfest, sagst du?" Kevin sah demonstrativ zum Transparent für das 23. Flussfest hoch. "Ein Glück, dass wir die ersten 22 Feste verpasst haben."
"Du weißt, was dein Vater meint", sagte Karin. "Abgesehen davon hat er recht. Der Bürgermeister hat am

Telefon angekündigt, dass er uns hier im Namen der Stadt begrüßen will."
"Vielleicht lernst du auch gleich deine zukünftigen Schulfreunde kennen", ergänzte sein Vater. "Nicht vergessen, übermorgen ist dein erster Schultag."
"Danke für die Erinnerung, Dad. Ich hätte das Wochenende sonst womöglich noch genossen."
"Also genießt du es doch, hier zu sein?"
Kevin verdrehte die Augen.
Sie betraten die Festwiese. Aus der Nähe bestätigte sich Kevins erster Eindruck vom Spring River Day. Zwischen den Buden waren große Lücken, als schämten sie sich voreinander. Es dauerte keine zwei Minuten, sie abzulaufen. Auf der Bühne hüpfte eine Handvoll ungelenker Grundschulkinder im Kreis. Die blecherne Musik, zu der sie ihre Imitation eines Tanzes aufführten, tat Kevin in den Ohren weh. Selbst die Waikerianer schienen ihre müde Kirmes nur im Rausch ertragen zu können: Fast jeder hatte eine Bierdose in der Hand.
"Hier trinkt man noch aus Dosen!", stellte Karin denn auch gleich fest. "Wissen die Australier nicht, wie umweltschädlich die sind? Die Herstellung des Aluminiums verschlingt Unmengen von Wasser."
Der einzige Lichtblick waren die Steaks, die es an einem Grillstand gab. Sie waren groß wie Teller, und der Geruch ließ Kevin das Wasser im Mund zusammenlaufen.

Bald stand er in der Warteschlange, Karins Geldbörse in der Hand. Als er an die Reihe kam, sah er hinter der Kasse ein Gesicht, das er kannte.

"Hi, Kevin, **how are you** today?" Muriel trug eine fettgesprenkelte Schürze und lächelte ihn an.

"Ich, erm … fine. And you?"

"Good, thanks. What would you like to eat?"

"Steak, please."

"Sure. Greg, one steak, please!"

Ein etwa sechzehnjähriger Junge stand hinten am Grill und wendete das Fleisch. Mit der anderen Hand hielt er sich ein Handy ans Ohr.

"Greg! We have customers!", wiederholte Muriel genervt.

Hastig beendete der Junge das Gespräch und brachte ein Steak.

"Greg, say hi to Kevin. He's our new neighbour in Miller Street. Kevin, this is my brother Greg."

Die beiden Jungs nickten sich zu. "Hello."

Greg wandte sich an seine Schwester. "Mu, **can you manage the barbecue alone for a few** min-

---

How are you? Wie geht es dir?
Can you manage the barbecue? Schaffst du das mit dem Grill?
alone allein
for für
a few ein paar

utes? I **just got** a **call**; Pat and the others have something they **need to** show me."
Sie legte die Stirn in Falten. "What **are** your **stupid** friends **up to** this time? No, don't tell me. **I don't care as long as** you're back **in half an hour**. You **promised**, **remember?**"
"**No worries**!" Greg stürmte über die Wiese davon und warf im Laufen die Schürze von sich.
"Boys. They're **all** stupid", sagte Muriel geistesabwesend.
Kevin überlegte, was dumme Gans auf Englisch hieß. Aber dann reichte Muriel ihm den Steakteller, und sein leerer Magen knurrte voll Vorfreude.
"Here's your steak, Kevin. That's four dollars, thank you. Will you be watching the race later?"
"The race?", fragte er abwesend. Das Portemonnaie

---

just gerade
got habe bekommen
call Anruf
need to müssen
stupid dummen
are up to führen im Schilde
I don't care. Es ist mir egal.
as long as solange
in half an hour in einer halben Stunde
promised hast es versprochen
remember? erinnerst du dich?
No worries. Keine Sorge.
all alle

war voller bunter Geldscheine. Ratlos zog er einen knallroten Schein heraus.

"The annual **raft** race **along** the river. Greg and I **built** our own raft **during** the winter. Give me the pink one."

Er steckte den roten Schein wieder zurück und reichte Muriel einen pinkfarbenen Fünfer.

---

raft Floß
along entlang
built haben gebaut
during während

"**Actually**, I built most of it", redete sie weiter und gab ihm eine einzelne Münze zurück. "I think Greg and I have a good **chance** this year. We **start** in half an hour. You **should** watch."
"Sure. **Good luck**", sagte Kevin, der hoffte, dass er in einer halben Stunde längst weit weg war.
"Das hat aber gedauert", sagte Martin, als Kevin zu dem Biertisch zurückkehrte, an dem seine Eltern saßen. "Hast du schon eine Freundin gefunden?"
Kevin überlegte ernsthaft, ob er sich einen anderen Platz suchen sollte. Sein Vater machte eine versöhnliche Geste.
"Komm schon, setz dich."
Kevin bedachte ihn der Form halber mit einem finsteren Blick. Dann setzte er sich schnell hin und biss herzhaft ins Fleisch. Es schmeckte noch besser, als es roch.
Martin machte große Augen.
"Ich brauche unbedingt auch so einen Fleischlappen. Du auch, Karin?"
Nachdem Kevin das Steak verschlungen hatte, stellte er sich gleich wieder in die Schlange vor dem Grillstand. Muriel war nicht mehr da; eine hochgewachsene Frau

---

actually genau genommen
chance Chance
start starten
should solltest
Good luck. Viel Glück.

mit Sonnenhut hatte sie abgelöst. Das Steak, das sie Kevin reichte, schmeckte noch besser als das erste.
Mit einem zufriedenen Seufzer schob Kevin den leeren Teller von sich. Er nahm es sogar kommentarlos hin, dass seine Eltern sich verschwörerisch zuzwinkerten. Es war das erste Mal, dass er sich in Australien halbwegs wohlfühlte.
Einen Augenblick später dröhnte eine Stimme so laut in sein Ohr, dass er vor Schreck seine Coladose umschmiss.
"Who do we have here?"
Ein Mann in Martins Alter stand am Tisch. Seine kräftigen Arme waren dicht behaart, und auf der Nase trug er eine verspiegelte Sonnenbrille. Er musterte die drei Deutschen der Reihe nach. Aus den Brillengläsern des Mannes starrte Kevin sein eigenes Gesicht entgegen.
"You must be our new neighbours from good old Germany!", bollerte der Mann.
"Yes", sagte Kevins Mutter. "I'm Karin Freitag. **Pleased to meet you.**"
"Welcome to Waikerie! I'm the **mayor** – Dillon's the name, but you can **call** me Bruce."
Dillon? Kevin erschrak. Das war also der Farmer, der mit einer Pistole im Auto durch die Gegend fuhr.

Pleased to meet you. Ich freue mich, Sie kennenzulernen.
mayor Bürgermeister
call nennen

Seine Mutter stellte dem Bürgermeister ihre Familie vor. Kevin reichte ihm die Hand und bereute es eine Sekunde später, als Dillon ihm fast die Finger zerquetschte.
"Hello, **young** man, I **bet** you love it here in Waikerie, don't you, Kevin!"
Dillon machte Anstalten, ihm auf die Schulter zu klopfen. Hastig wich Kevin zurück.
"Erm ...", begann er verunsichert. Doch Dillon beachtete ihn schon nicht mehr.
"And you must be the **engineer** for the **desalination project**", bellte er Martin an.
Es war nicht das erste Mal, dass sein Vater für den Ingenieur in der Familie gehalten wurde. Kevin erwartete, dass er wie immer einen Witz darüber machen würde. Stattdessen räusperte Martin sich umständlich und sagte nur: "Actually, I'm the engineer's husband."
Überrascht wandte Dillon sich Karin zu. "**Really**? **Well**, **even better**, say I. Now we have an engineer who's clever *and* **pretty**!"

---

young junger
bet wette
engineer Ingenieur(in)
desalination project Entsalzungsprojekt
really tatsächlich
well also
even better noch besser
pretty hübsch

"Oh, please ..." Karin errötete.

"No, it's true! You know, I'm about to make a short **speech before** I start the raft race. Why don't you come with me? **That way** I can **introduce** you to some people."

Er legte einen Arm um Karin, einen um Martin und zog die beiden mit sich in Richtung Bühne. Kevin nahm seine halbleere Cola und trottete ihnen hinterher. Er hatte keine Eile. Solange seine Eltern in Dillons Klammergriff steckten, konnten sie ihm nicht weiter auf die Nerven gehen.

Auf Höhe der Bühne kam plötzlich jemand auf ihn zugestürmt. Es war Muriel, und sie sah aus, als würde sie jeden Moment in Tränen ausbrechen.

"Kevin! **Thank God** I **found** you!"

"Are you all right?", stellte er die dümmste Frage, die ihm einfiel.

"Of course not!", schrie sie. "Greg **stood me up**!"

"I don't understand."

---

speech Rede
before bevor
that way auf diese Weise
introduce vorstellen
thank God Gott sei Dank
found habe gefunden
stood me up hat mich versetzt

"His friends **got their hands on** some **alcohol**. Now they**'re getting drunk**, and my stupid brother with them!"
"Does that mean he can't **race** with you?"
"Can't? **Won't**! **Even though** he promised! I **should never have believed him**. I **knew** he'd do this to me."
Vor Wut ballte Muriel die Fäuste.
"Kevin, I need you to race with me."
"Race with you? No! Are you **crazy**?"
"There's **nobody else** I can ask. Please!"
"I can't do it. I do**n't even** know how."
"I'll show you, it's not difficult. But **it takes** two people. And the race starts in ten minutes." Ihr Blick wurde flehend. "Please? *Scheiße*?"

---

got their hands on … haben … in die Hände bekommen
alcohol Alkohol
are getting drunk besaufen sich
race beim Wettrennen mitmachen
won't will nicht
even though obwohl
should never have believed him hätte ihm niemals glauben sollen
knew wusste
crazy verrückt
nobody niemand
else sonst
not even nicht mal
it takes man braucht

Kevin hatte noch nie ein Floß aus der Nähe gesehen. Und jetzt sollte er darauf ein Wettrennen machen? Und sich vor der halben Stadt blamieren? Nie im Leben!

"I can't –"

"Kevin!"

Er drehte sich um. Martin stand oben auf der Bühne und winkte ihn herauf. "Kevin, komm her. Der Bürgermeister will uns der Stadt vorstellen. Die ganze Familie, also auch dich."

Mit offenem Mund starrte Kevin zur Bühne hinauf. Dillon klopfte soeben auf ein Mikrofon, und neben ihm fuhr sich Karin durch die Haare.

Kevin sah seinen Vater an, dann Muriel.

"You can't – what?", fragte sie argwöhnisch.

"I can't tell you how glad I'll be to help you."

"Great, let's go!"

Muriel packte ihn beim Arm und rannte los, auf den Fluss zu. Kevin wehrte sich nicht. Lieber ging er bei einem Floßrennen im wahrsten Sinne des Wortes unter, als sich von Dillon auf einer Bühne vorführen zu lassen.

Sein Vater starrte ihm nach. Er sah aus, als hätte er alles dafür gegeben, mit Kevin zu tauschen.

Raft Ahoy!

“**That’s it?**”, fragte Kevin. “We use **these poles** and go **as** fast **as possible**?”
“I **told** you it wasn’t difficult.”
Muriel reichte ihm die lange Holzstange. Kevin nahm sie entgegen, und diese Bewegung genügte, um das Floß unter ihren Füßen bedenklich ins Schwanken zu bringen.
Sie standen auf einem der Gebilde, die Kevin von Weitem für schwimmenden Sperrmüll gehalten hatte. Auch aus der Nähe sah es noch ziemlich schrottig aus: Der schmale Rumpf bestand aus morschen Holzlatten und Plastikkanistern. Obwohl der Fluss völlig ruhig war, knarzte das Floß, als wollte es gleich auseinanderbrechen.
Muriel zeigte ihm, wie man die Stange benutzte. Gehorsam stieß Kevin das Holz in den weichen Grund des Flusses, und als er sich dagegen stemmte, bewegte sich das Floß.
“Hey, that’s easy.”

---

ahoy ahoi
That’s it? Das ist alles?
these diese
poles Stangen
as … as so … wie
possible möglich
told habe gesagt

Das Seil, das das Floß am Ufer vertäute, spannte sich mit einem Ruck. Kevin verlor die Balance und fiel nur deshalb nicht ins Wasser, weil Muriel ihm rechtzeitig am Arm packte.
"You **still** have to be **careful**, **though**."
"What **happens** if I fall into the water?"
"You **get** wet."
Sie löste das Halteseil und stieß das Floß mit ihrer eigenen Stange ab. "Let's go to the **starting position**."
Als sie die anderen Flöße erreichten, warf Muriel den Jungs bissige Bemerkungen zu: "Hey, Stuart and Don, how did you get here **without sinking**? And you two – you'll go under! Kevin and I are going to **beat** you by **at least** two **lengths**."
"**No way!**" – "In your **dreams**!" – "If I laugh **any more** I'll fall off!", riefen ihre Gegner zurück.

---

still trotzdem
careful vorsichtig
though allerdings
happens passiert
get wirst
starting position Startposition
without sinking ohne unterzugehen
beat schlagen
at least wenigstens
lengths Längen
No way! Niemals!
dreams Träumen
any more noch mehr

Sie nahmen die Position ganz rechts in der Floßreihe ein, direkt neben den beiden Jungs, die Muriel zuletzt verspottet hatte.
"**Watch out for** these two", raunte sie Kevin zu. "Chris and Trevor **tend** to **cheat**."
Einer der beiden, ein blonder Junge in Surferhosen, rief zu ihnen herüber: "Hey, Muriel, shouldn't your friend be wearing a skirt?"
Sein Kumpel lachte hämisch.
Kevin fiel keine schlagfertige Antwort ein. Sich in einer Fremdsprache zu streiten, war schwieriger als erwartet.
Zum Glück kam Muriel ihm zu Hilfe. "Yeah, Chris, maybe he can **borrow** one of yours."
Sie streckte die Hand aus und deutete flussabwärts. "Do you see the big raft down the river, about two **hundred metres away**?"
"The one that looks like a **rusty houseboat**?"
"It's not a houseboat, it's a **pump raft**. They **used**

---

watch out for ... pass auf ... auf
tend neigen dazu
cheat schummeln
borrow ausleihen
hundred hundert
metres Meter
away entfernt
rusty rostiges
houseboat Hausboot
pump raft Pumpenfloß

to use it to **put out** fires, but now it's **out of service**. That's the **finish line** for our race. The first raft to **reach** it wins. But watch out – **everyone** will try to **steer** into the **current** because it makes you faster."

Am Ufer versammelten sich die Zuschauer. Soeben kam Dillon hinzu. Er rief ein paar Sätze, die mit Jubel und Applaus quittiert wurden.

Kevin beachtete die Worte des Bürgermeisters nicht. Die Pistole in Dillons Hand verriet deutlich, dass er im Begriff war, den Startschuss zu geben.

"**Ready!**", polterte es über den Fluss.

Verstohlen wischte Kevin seine schweißnassen Handflächen an der Hose ab.

"**Set!**" Am Ufer hob Dillon die Waffe über den Kopf.

Gleich! Kevin atmete tief ein.

Das "**Go!**" ging im ohrenbetäubenden *Bang!* der Pistole unter. Ein Schwarm Papageien stob protestierend aus den Baumkronen.

---

used to use haben früher mal benutzt
put out löschen
out of service außer Dienst
finish line Ziellinie
reach erreichen
everyone jeder
steer steuern
current Strömung
Ready – set – go! Auf die Plätze – fertig – los!

Muriel stemmte sich gegen ihre Stange. Kevin wollte es ihr gleichtun, doch ein Stoß in den Rücken ließ ihn taumeln. Er ruderte wild in der Luft herum, um nicht ins Wasser zu fallen, und fegte dabei um ein Haar Muriel vom Floß.
"Are you crazy?", schrie sie ihn an. "What are you doing?"
Neben ihnen zog Chris' und Trevors Floß vorbei. Triumphierend schüttelte der blonde Junge die Stange, mit der er Kevin eben fast ins Wasser gestoßen hatte.
"Having trouble, girls?"
Endlich gewann Kevin sein Gleichgewicht zurück. Sein Kopf dröhnte, so aufgeregt war er. "Na warte!", knurrte er und rammte sein Holz ins Wasser.
Mit aller Kraft stießen Muriel und er das Floß voran. Dank Chris hatten sie einen schlechten Start erwischt und lagen auf dem letzten Platz. Dafür nahmen sie jetzt ordentlich Fahrt auf. Muriels Augen leuchteten vor Anspannung, und sie bewegte ihr Holz mit gleichmäßigen, kraftvollen Bewegungen. Auch Kevin bekam allmählich den Dreh raus.
Dank seines schlanken Rumpfes schoss das Floß nur so über den Murray. Und sie hatten noch einen Vorteil: Vor ihnen kämpften die anderen Flöße um die Strömung und behinderten sich gegenseitig. Kevin und Muriel konnten dagegen unbehelligt staken und die Strömung ausnutzen.

Ins Klatschen und Anfeuern der Zuschauer mischten sich auf einmal Warnrufe: Zwei der anderen Flöße steuerten direkt aufeinander zu. Eine Mannschaft versuchte noch, den Zusammenprall zu vermeiden, doch es war zu spät. Die Flöße krachten gegeneinander, und mit einem *Platsch*! verschwand einer der Jungen im Wasser. Am Ufer wurde gejubelt und gebuht.
Das Floß von Trevor und Chris, die den Zusammenprall überstanden hatten, setzte sich an die Spitze.
Kevin und Muriel hatten gut die Hälfte der Rennstrecke zurückgelegt und lagen zwei Längen zurück. Plötzlich sahen sie, dass eines der Flöße zu tief im Wasser lag. Je näher sie kamen, umso deutlicher erkannten sie, dass es dabei war, sich aufzulösen. Erste Bretter und Latten schwammen davon.
"It's Don und Stuart", lachte Muriel, "I told them to use **rope instead of** glue."
Die beiden Jungen auf dem zerfallenden Floß stakten tapfer weiter. Vergeblich – schon stieg ihnen das Wasser bis zu den Knien. Wenig später mussten sie sich in ihr Schicksal ergeben.
"Go **get them**, Mu!", riefen sie, als Kevin und Muriel an ihnen vorüberjagten.
Kevin warf einen Blick zurück. Er hatte erwartet, dass Don und Stuart zum Ufer schwimmen würden.

---

rope Seil
instead of statt
Get them! Schnapp sie dir!

Doch das Wasser ging ihnen bloß bis zur Taille, sodass sie waten konnten. Für einen Fluss dieser Breite, fand Kevin, war der Murray erstaunlich seicht.

"Faster!", brüllte Muriel. Kevin konzentrierte sich wieder aufs Staken.

Wenig später überholten sie ein weiteres Floß. Die beiden Jungen darauf hatten tomatenrote Köpfe und stützten sich keuchend auf ihre Stangen.

Jetzt lagen nur noch Trevor und Chris vor ihnen.

"**Come on**, Kev, let's get them!", keuchte Muriel. Sie war in Schweiß gebadet, und auch Kevins T-Shirt klebte ihm am Körper. Seine Schultern versprachen für morgen einen saftigen Muskelkater. Nichtsdestotrotz verdoppelte er seine Anstrengungen für den Endspurt.

Immer näher kamen sie dem Floß von Trevor und Chris.

Etwa zehn Längen trennten sie noch vom Pumpenfloß, als sie die beiden endlich einholten. Seite an Seite schossen die Flöße über den Murray, so dicht, dass Kevin Chris mit ausgestrecktem Arm hätte berühren können.

"You won't beat us", zischte der Australier.

"She told you we would", antwortete Kevin.

Zwei kräftige Stöße später schob sich ihr Floß vor das ihrer Gegner.

Come on! Komm schon!

Aus dem Augenwinkel sah Kevin eine Bewegung. Er reagierte ohne nachzudenken und riss seine Stange zur Abwehr hoch. Keinen Moment zu früh! Holz traf auf Holz, und die Stange vibrierte in Kevins Hände. Hätte er gezögert, hätte Chris' Schlag ihn ins Wasser gestoßen.
"Bist du irre?" Automatisch fluchte Kevin auf Deutsch.
Doch Chris meinte es ernst. Schon sauste seine Stange abermals heran. Kevin duckte sich unter dem Schlag hindurch. Unter der heftigen Bewegung schaukelte ihr Floß wie wild, doch Muriel und er konnten sich halten.
Chris hatte weniger Glück.
Er hatte mit so viel Schwung nach Kevin geschlagen, dass er einen Schritt zur Seite machen musste, um sein Gleichgewicht zu halten. Doch für Seitschritte war das Floß eindeutig zu klein. Sein Fuß rutschte ab, Chris verlor das Gleichgewicht und stürzte mit einem lauten "**Crap!**" der Länge nach ins Wasser.
Jetzt war Trevor alleine auf dem Floß. Er stakte wie ein Besessener, doch gegen Kevin und Muriel hatte er keine Chance. Schnell fiel er zurück.
Sie waren nur noch wenige Meter vom Ziel entfernt, als Kevin einen Schatten im Wasser entdeckte, direkt vor ihrem Floß. Das Wasser wurde immer flacher.

Crap! Mist!

“Muriel, watch out, the water is getting …”
In diesem Moment lief das Floß auf die Sandbank auf. Der Ruck schleuderte sie ins kalte Wasser, das an dieser Stelle keine zwanzig Zentimeter tief war. Zum Glück landeten sie in weichem Schlamm.
Angewidert spuckte Kevin einen Mund voll Brackwasser aus. Neben ihm prustete Muriel, der das schlammige Haar ins Gesicht hing.
“… **shallow**”, beendete sie seinen Satz.
Er hörte schon nicht mehr hin. “Oh no, look!”
Trevor stakte das Floß um die Sandbank herum, die Kevin und Muriel so kurz vor dem Ziel zum Verhängnis geworden war. Sekunden später passierte er das Feuerwehrfloß.
Kevin warf Muriel einen enttäuschten Blick zu. Doch sie schien Trevors Sieg gar nicht bemerkt zu haben und sah besorgt den Fluss auf und ab. Auch unter den Zuschauern am Ufer blieb es merkwürdig still.
So war Kevin der Einzige, der lachte, als Trevor mit seinem Floß auf Grund lief und kopfüber im Flussschlamm landete.

shallow seicht

Dillon spricht ein Machtwort

"The river **has** never **been** so **low** this time of the year!"

"It'll **rise** before summer, won't it?"

"If it doesn't, my **harvest**'s in trouble."

"Mine too!"

"This is a **disaster**. What are we going to do?"

"Yes, what are we going to do?"

Sämtliche Bewohner von Waikerie schienen in die Stadthalle zu strömen, die schon aus allen Nähten platzte. Kevin stand mit seinen Eltern im Gedränge und fühlte sich wie in einen Topf mit hin- und herschießendem Popcorn.

"**Quiet!**", drang ein lauter Bass durch das Stimmengewirr. "Please, be quiet, **everyone**!"

Dillon stand vorne auf einer Kiste und versuchte, die Versammlung zu beruhigen. Es dauerte lange, bis die Anwesenden endlich erwartungsvoll zu ihm aufsahen.

Kevin nutzte die Zeit, um nach Muriel Ausschau zu

---

has been ist gewesen
low niedrig
rise ansteigen
harvest Ernte
disaster Katastrophe
Quiet! Ruhe!
everyone alle

halten. Doch in der Menschenmasse konnte er sie nicht entdecken.
"My **dear fellow citizens**", begann Dillon, "I don't quite understand why you're here in the town hall. It's Spring River Day! You should be outside, celebrating!"
"You know why we're here", rief ein Mann in Jeans und Holzfällerhemd. "Or **have**n't you **noticed** the **water level** in the river?"
"I watched the raft race and yes, I noticed the water level, John. And I noticed that it's a beautiful day and it would be a **waste** not to **spend** it outside next to the river."
"So you don't think the low water is a problem?"
"**I'm not taking things lightly**, if that's what you're trying to say. But let's not **jump to conclusions**. We must look at the situation very carefully before we can **decide to take action**."

---

dear lieben
fellow citizens Mitbürger(innen)
have noticed habt gemerkt
water level Wasserstand
waste Verschwendung
spend verbringen
I'm not taking things lightly. Ich nehme es nicht auf die leichte Schulter.
jump to conclusions voreilige Schlüsse ziehen
decide beschließen
to take action etwas zu unternehmen

"The *situation*? I think it's more **than** just a situation, it's a **serious** problem! As I see it …"

Jemand zupfte Kevin am Ärmel. Muriel stand neben ihm. Wie er hatte sie sich umgezogen, und ihr Haar roch nach Shampoo.

"Kevin, you're **already** here."

"I just **ran home** and **changed**. I wanted to know what was happening", sagte er. "Can you tell me?"

"Sure. You see …"

Hinter ihm räusperte sich Kevins Vater.

Kevin seufzte. Dann sagte er: "Mum, Dad, das ist Muriel."

Muriel lächelte seinen Eltern zu. "Hi, how are you?"

"Fine. I'm Karin", strahlte seine Mutter. "Aren't you the girl from the raft?"

"Yes, I am."

"Good race!"

"And I'm Martin", meldete sich Kevins Vater zu Wort. "You know, Muriel, if **anyone** asks me I'll tell them that you two **won** the race."

"Erm … thanks."

---

than als
serious ernst
already schon
ran home bin nach Hause gelaufen
changed habe mich umgezogen
anyone irgendjemand
won habt gewonnen

"So, Muriel", sagte Karin, "where do you …"
"Tut mir leid, aber wir haben Wichtiges zu besprechen." Kevin zog Muriel von seinen Eltern fort.
"So, **what's going on?**", fragte er neugierig.
"Well, they**'re discussing** the water level." Sie machte eine Geste, die die Versammlung einschloss. "The **thing** is …"
"No, I mean the race. **Did they let** Trevor and Chris **win** even though they cheated?"
"The race? **Who cares!**" Sie klang, als habe er eine wirklich dämliche Frage gestellt.
"I thought you did", gab Kevin gekränkt zurück.
"No! I mean, I did, but now there's **more important stuff**."
"Like the river? Why is it so important?"
Muriel legte den Finger an die Lippen. "**Just** listen to my dad."
"… shouldn't have to **explain**, it's **obvious**", rief der Mann namens John soeben. "Waikerie is a **farming**

What's going on? Was ist los?
are discussing diskutieren über
thing Sache
Did they let … win? Haben sie … gewinnen lassen?
Who cares! Na und!
more important stuff Wichtigeres
just einfach
explain erklären
obvious offensichtlich

community. **Half** the people in this room are farmers, **including** you and me, Dillon. And **since** we can't **grow crops** without water, the low water level in the river is a *problem*. Or do you want to discuss **whether** or not Australia is a dry country?"
Einige Zuschauer lachten grimmig.
"That's your father?", fragte Kevin.
Muriel nickte stolz.
"Yes, our land is dry", hielt Dillon John entgegen. "That's why we**'ve** always **had** low water levels in Waikerie. But we**'ve** always **come through**. This time we'll come through **as well**, if we don't lose our heads. Now, John, if you'd please sit down and ..."
"But we've never had a **drought** so early in the year. It's November. Summer **has**n't even **begun**. **For all I know**, by January the Murray **may be completely** dry."

---

farming community ländliche Gemeinde
half die Hälfte
including einschließlich
since da
grow crops Feldfrüchte anbauen
whether ob
have had gehabt haben
have come through haben es überstanden
as well auch
drought Dürre
has begun hat begonnen
for all I know soweit ich weiß
may be completely ... kann vollkommen ... sein

"For all you know, John? Tell us, what do you know? Are you a **geologist**? An **environmental scientist**?"

"Well … no, I'm nothing like that. But I …"

"Well, if you don't know what you're talking about I say you should **stop worrying people unnecessarily**", herrschte Dillon ihn an. "**Concern** and **panic** are two **different** things. We all **have to keep our heads**, and as the mayor I won't **allow** you to **spread** panic! Is that **clear**?"

Betretenes Schweigen folgte. Nur Muriel knurrte leise: "He should be the one to panic."

Einen Moment später war Dillon wieder die Freundlichkeit in Person. "As I was saying, we need to stay **calm** and see how the situation **develops**."

---

geologist Geologe
environmental scientist Umweltforscher
stop worrying people unnecessarily aufhören, die Leute unnötig zu beunruhigen
concern Besorgnis
panic Panik
different verschiedene
have to keep our heads dürfen nicht den Kopf verlieren
allow erlauben
spread verbreiten
clear klar
calm ruhig
develops sich entwickelt

"And how are we going to do that?", fragte jemand. "Don't ask 'how', ask 'who'. **To answer** that question we have our new neighbour here in Waikerie. She's an engineer with **specialist knowledge** about rivers. Karin, could you please come **to the front**?"
Alle drehten sich nach Kevins Mutter um. Die Überraschung stand ihr deutlich ins Gesicht geschrieben, während sie langsam nach vorne ging.
"Thank you, Karin", dröhnte dessen Bass durch den Saal. "Please, would you tell our fellow citizens why the Murray's water level is lower than **usual**?"
"Well ..." Karin zögerte. "You shouldn't **overestimate** my knowledge. I'm new to Waikerie, **while most** of you have lived **near** the Murray all your **lives**. Your **experience may be more relevant** to this than what I know about rivers **in general**."

---

to answer um zu beantworten
specialist knowledge Fachkenntnissen
to the front nach vorne
usual üblich
overestimate überschätzen
while während
most die meisten
near in der Nähe von
lives Leben
experience Erfahrung
may be ist vielleicht
more relevant entscheidender
in general im Allgemeinen

"But you must have an **idea** why this is happening", sagte Dillon. "Ca**n't** you tell us **anything**?"
Karin schüttelte den Kopf. "No, **right now** I can't."
"But why not?"
"I can't just **take one look at** the river and tell you **what's wrong with it**. It **takes** time to **figure out** what's wrong."

---

idea Ahnung
not anything nichts
right now jetzt im Moment
take one look at … einen einzigen Blick auf … werfen
what's wrong with it was damit los ist
takes braucht
figure out herausfinden

"I see, it takes time." Sichtlich zufrieden sah Dillon zu John hinüber und wandte sich wieder an Karin. "One more thing, Karin. Do you think that **by** tomorrow the water will rise back to its normal level?"
"Well, it's possible. Or it could **drop** even **further**, or ..."
"My fellow citizens, there you hear it." Dillon übertönte Karin mit Leichtigkeit, als er wieder zu den Versammelten sprach. "It's like I said. **Even** the engineer says she doesn't know what's happening. **Until** she does, we can all go back outside and enjoy Spring River Day. **Follow** me!"
Mit dieser Aufforderung stieg er von der Kiste und verließ den Saal. Die Waikerianer taten, wie ihnen geheißen. Eine Minute später war der Saal so gut wie leer. Nur ein paar Versprengte, darunter die Familien von Muriel und Kevin, standen noch zusammen, und ihre Mienen waren finster.

by bis
drop fallen
further weiter
even sogar
until bis
follow folgt

A Brief Exchange of Thoughts

Username and password accepted. Login complete.
User KevMaster, welcome to the chatrooms of www.across-the-globe.de.
There is 1 other user logged in. Username: Gruetze314.

KevMaster: Grütze! Ein Glück, dass du online bist.
Gruetze314: Hallo, du Globetrotter. Wie läuft es Down Under?
KevMaster: Schlecht. Ich will wieder nach Deutschland! Ich will zurück nach Hause!!
Gruetze314: Na na, wer wird denn gleich ...
Gruetze314: Schau doch mal, wenigstens hast du wieder Internet im Zimmer. Ich sehe es an deinen Umlauten.
KevMaster: Von wegen. Die australische Telekom war immer noch nicht hier. Ich sitze vor dem Computer meiner Mutter, obwohl ich den eigentlich gar nicht benutzen darf. Aber ich muss einfach mit jemandem reden.
Gruetze314: Was ist denn los?

---

brief kurzer
exchange of thoughts Gedankenaustausch

KevMaster: Die Welt ist grausam. Alle hassen mich.
Gruetze314: Aha. Und sonst?
KevMaster: Also, heute Nachmittag habe ich mit Muriel bei so einem dämlichen Floßrennen auf dem Fluss mitgemacht.
Gruetze314: Muriel? Ist das die ohne Führerschein?
KevMaster: Ja. Erst dachte ich, wir werden Letzte, aber dann hätten wir fast gewonnen.
Gruetze314: Klingt doch gut.
KevMaster: Nein, denn wir haben verloren! Zwei Typen haben die ganze Zeit geschummelt und mich vom Floß werfen wollen, aber wir haben sie trotzdem abgehängt. Doch dann sind wir kurz vor dem Ziel auf eine Sandbank aufgelaufen, und sie konnten uns überholen. Jetzt haben sie den Pokal und wir nicht.
Gruetze314: Und deshalb bist du sauer? Weil du nicht den Pokal gekriegt hast?
KevMaster: Wir haben ihn verdient, denn die haben sich nicht an die Regeln gehalten. Aber hier interessiert das keinen mehr.
Gruetze314: Warum nicht?
KevMaster: Ach, alle machen großes Geschrei um den Wasserstand vom Fluss, weil der so

niedrig ist wie nie zuvor. Und keiner interessiert sich mehr für das Rennen.
Gruetze314: Vielleicht ist es dann ganz gut, dass ihr nicht gewonnen habt: Niemand hätte dich für deinen Sieg bewundert.
KevMaster: Erst ein Rennen abhalten und sich dann nicht drum kümmern. Was ist denn das für ein Sportsgeist?
Gruetze314: Es gibt nun einmal Wichtigeres als Sport. Was sagt denn Muriel dazu?
KevMaster: So wenig wie alle anderen. Und morgen sind wir auch noch bei ihrer Familie zum Barbie eingeladen. Ich habe keine Ahnung, was das heißt.
Gruetze314: Bestimmt darfst du die Malibu-Barbie kämmen.
KevMaster: Sehr witzig.
KevMaster: Oh nein, sie kommt!
Gruetze314: Karin? Heißt das, du mus

Goodbye, KevMaster.
User KevMaster has logged out.

Barbie bei den Lills

"Would you like some more?"
Kevin hob die Hand gerade noch rechtzeitig, ehe ein weiteres Steak auf seinem Teller landen konnte. "No thank you, Mrs Lill. I'm **full**."
Das war die Untertreibung des Jahres. Wenn er noch einen einzigen Bissen aß, würde er platzen!
"Are you sure?", hakte Muriels Mutter nach. "Oh, and please call me Martha."
"I'm **really** full, Mrs, erm, Martha. It was really **delicious**." Schon auf dem Flussfest waren die Steaks vom Grill der Familie Lill sensationell gewesen. Am Tag danach, auf ihrer Terrasse, schmeckten sie noch besser.
"I don't know. In my experience, young **men** are always hungry." Mrs Lill schien entschlossen, heute keine Reste übrig zu behalten. "Take Greg, for example. I **find him rummaging** in the fridge at least ten times a day."
"That's not because he's looking for food", warf Muriel von der anderen Seite des Tisches ein. Sie sah so satt und zufrieden aus, wie Kevin sich fühlte.

---

full satt
really echt
delicious köstlich
men Männer
find him rummaging entdecke ihn beim Wühlen

"What else is he looking for?", hakte er nach, dankbar für den Themenwechsel.
"**Don't you dare** tell!" Greg warf Muriel einen bösen Blick zu.
In diesem Moment kam John mit frischen Getränken auf die Terrasse und ließ sich wieder in seinen Stuhl sinken.
"Tell what?", fragte er neugierig.
"Dad, do you remember the day it **snowed**, back in June?"
"Of course, Mu. How could I forget the first snow in twenty years?"
"That day you **hit** Greg in the face with a **snowball** and gave him a **nosebleed**."
"Good **shot**, wasn't it?" John grinste.
"After that, Greg **hid** a snowball –"
"Mu, **I'm warning** you!" Greg versuchte, seine Schwester unter dem Tisch zu treten, doch ein scharfer Blick seiner Mutter ließ ihn innehalten.
"He hid a snowball in the **freezer compartment**",

Don't you dare! Wage es bloß nicht!
snowed geschneit hat
hit getroffen hast
snowball Schneeball
nosebleed Nasenbluten
shot Wurf
hid hat versteckt
am warning warne
freezer compartment Gefrierfach

fuhr Muriel ungerührt fort. "He puts water on it to make it **grow**. I think he wants to throw it in your face at Christmas, when you least **expect** it."
John wiegte anerkennend den Kopf. "Well, that **probably would have worked**. Who'd expect a snowball at Christmas?"
Kevin, der gerade seine Stirn an einer Limoflasche kühlte, verdrehte gequält die Augen.
Greg war stinkwütend. "Thanks, Mu, **thank you very much**. Five months of snowball-growing, for nothing!"
Sie zuckte die Achseln. "You **should have kept your promise** to race with me."
"I should throw the snowball at you, not at Dad, you stupid –"
"Gregory!", fuhr Martha dazwischen. "**Watch your mouth**, young man!"
Greg starrte seine Mutter eine Sekunde lang an, dann ging er ins Haus und knallte die Tür.
Taktvoll wechselte Karin das Thema. "Martha, John,

---

grow wachsen
expect erwartest
probably wahrscheinlich
would have worked hätte funktioniert
Thank you very much. Herzlichen Dank.
should have kept your promise hättest dein Versprechen halten sollen
Watch your mouth! Pass auf, was du sagst!

thank you very much – it's been a **wonderful meal**."

"**No worries**", sagte John. "It was good **to get to know** our new neighbours."

"**Especially** since our **kids have become** friends already", bekräftigte Martha. "**By the way**, Kevin, you **did a great job** at the race. **Both of you** did."

"Yeah. Thanks."

"Are you **still mad** because we didn't win?", fragte Muriel.

Kevin presste die Lippen zusammen und sah zu Boden.

"But you did win", wandte Martin ein. "Everyone who was there knows that."

"So why did Chris and Trevor get the **cup**?", fuhr Kevin auf.

---

wonderful wunderbares
meal Essen
No worries. Gern geschehen.
to get to know kennenzulernen
especially besonders
kids Kinder
have become sind geworden
by the way übrigens
did a great job hast tolle Arbeit geleistet
both of you ihr beide
still immer noch
mad wütend
cup Pokal

"Their raft was the first to reach the finish line, and the **judges** didn't see them cheat."
Muriel zuckte die Achseln. "So what? The cup is only made of **tin**. I wouldn't want it in my room, **except** maybe to throw it at Greg."
Für einen Moment musste Kevin schmunzeln. Doch gleich darauf war er wieder ernst. "I just **wish I'd seen** that sandbank earlier."
"Has the water level changed since yesterday?", fragte Karin Muriels Vater.
"It's rising, but slowly. If it rains **a lot in the next few weeks**, the water may go back to normal. If it doesn't …"
"What'll happen **then**?"
Es war Muriel, die antwortete. "Without water, the plants on our farm will **die** in the **heat**. We'll have no harvest and nothing to sell."
"What do you mean, without water?", sagte Kevin.

---

judges Preisrichter
tin Blech
except außer
wish wünschte
had seen hätte gesehen
a lot viel
in the next few weeks in den nächsten Wochen
then dann
die sterben
heat Hitze

"You have the river. There must be enough water in it. It's at least a hundred metres **wide**."

"When I gave you a lift, you **saw** the **size** of our fields. It takes **millions of litres** to **water** them in the summer. And other people's farms need water, too. The Murray may be big, but it can still **run dry**. And if that happens, we'll have to **give up** the farm."

"Muriel! Don't say that!", rief ihre Mutter.

"But it's true! I heard Dad say so when he was talking to Mr Gordon."

"Excuse me for asking, but **I've been wondering**", warf Martin ein. "My parents **were** farmers, and they **saved** money in good years to help them **make it** through a bad year. Didn't you save any money?"

"Yes, we did", sagte Martha. "Didn't we, John?"

Alle Blicke richteten sich auf den Farmer. Er seufzte, legte die schwieligen Hände auf den Tisch und sagte:

---

wide breit
saw hast gesehen
size Größe
millions Millionen
litres Liter
water bewässern
run dry austrocknen
give up aufgeben
I have been wondering ich habe mir Gedanken gemacht
were waren
saved haben gespart
make it es schaffen

"We did save money. But it's all **gone**."
Niemand sprach ein Wort.
"You see, we never had much money." John seufzte. "But it was always enough to make it through a bad year or two, even through three bad years."
"How many years has it been?", fragte Martin leise.
"This is the **seventh**. We've used all our money now. This year is our last chance."
Eine unangenehme Stille senkte sich über die Veranda. Schließlich räusperte sich John und zwang sich zu einem Lächeln.
"Don't worry, we'll come through **somehow**. We're **Aussie battlers**. And it's a good thing that Karin is here, too. Your project could help us."
"What is your project?", fragte Muriel.
"Desalination", erklärte Karin. "**There are** a lot of dead lakes along the river, where **fresh water has turned into** salt water. I want to figure out how to turn it back into fresh water, so it can be used to water the farms."
"I **hope** you do."

---

gone weg
seventh siebte
somehow irgendwie
Aussie battlers australische Kämpfer
there are es gibt
fresh water Süßwasser
has turned into sich verwandelt hat in
hope hoffe

"I'll do **everything** I can. **So far**, it's looking good. And Mr Dillon has promised to **support** me."
"I wouldn't **trust** him", warnte John. "Did you know that when the **town council** was deciding whether or not to bring you here, Dillon **voted against** you?"
Karin runzelte die Stirn. "Really? Why?"
"He said Waikerie didn't need an expensive desalination project. He thinks we have enough water. **He of all people!**"
Bei diesen Worten fiel Kevin eine ähnliche Bemerkung ein, die Muriel gestern gemacht hatte.
"Why do you say that Dillon should **be worried**?"
"Because he needs more water than **anybody** else in Waikerie", erläuterte Muriel anstelle ihres Vaters. "He owns the biggest farm in the **area**. And he grows oranges and lemons, which need much more water than grapes or other crops."

---

everything alles
so far bis jetzt
support unterstützen
trust trauen
town council Stadtrat
voted hat gestimmt
against gegen
He of all people! Ausgerechnet er!
be worried sich Sorgen machen
anybody jeder
area Gegend

"I see", sagte Martin. "Dillon is **surprisingly** calm for a man **whose farm may soon run out of water**."

"Maybe he has more **water tanks** than you have", gab Karin zu bedenken. "He **may have stored** enough water in them **to last him** through the summer."

John schüttelte den Kopf. "Every farmer is allowed to take only a **certain amount** of water from the river. This amount **is based on** the size of his land, not the plants he grows there. Officer McGraw **checks** the amounts. Dillon **has**n't **taken** any more water than anybody else."

Muriel schnaubte. "Yeah, right."

"Mu, please", bat ihre Mutter.

"Come on, Mum. Have**n't** you **ever** heard that he has a **secret** pump that he uses to take **as much** water from the river as he needs?"

---

surprisingly überraschend
soon bald
whose farm may run out of water
dessen Farm das Wasser ausgehen könnte
water tanks Wassertanks
may have stored hat vielleicht gespeichert
to last him dass es für ihn ausreicht
certain gewisse
amount Menge
is based on basiert auf
checks kontrolliert
has taken hat genommen
not ever nie
secret geheime
as much so viel

"Those are just **rumours**. Where do you hear **such** things?"
"What if they're more than rumours? A **hidden** pump would explain why –"
Marthas scharfer Ton brachte Muriel zum Verstummen.
"Muriel Lill! I never want to hear about this again. We have a hard time **ahead of** us. Try not to make it harder by spreading **lies** about the **most powerful** man in town."
Die Erwachsenen redeten weiter. Kevin begann sich zu langweilen.
"Kev, do you want to see something?", fragte Muriel.
"Sure", sagte er und sprang auf.
"Has it really only snowed **once** in twenty years?", fragte er sie, als er hinter ihr über den Hof lief.
Sie drehte sich um und deutete auf die Schweißperlen auf ihrer Stirn.
"This is Australia. What did you expect, a white Christmas?"

---

rumours Gerüchte
such solche
hidden versteckte
ahead of vor
lies Lügen
most powerful mächtigsten
once einmal

Sie führte ihn in einen Schuppen, der mit Maschinen, Regalen, Kisten, Farbeimern und Möbelstücken angefüllt war. Vor einer vollgestellten Werkbank ließen sie sich auf alle Viere nieder und krochen darunter durch. Ein verwinkelter Gang schloss sich an, der unter dem Gerümpel und an mehr als einem Spinnennetz entlangführte.

Er endete in einem kleinen dreieckigen Raum, dessen Wände von hohen Schränken und Regalen gebildet wurden. Kevin staunte. Obwohl sie sich in

der Mitte des Schuppens befanden, waren sie so gut wie unsichtbar – ein ideales Versteck.
Sie ließen sich in gemütliche Sessel fallen.
Kevin nickte anerkennend. “Nice **place**.”
“My parents don’t know about it. It’s a great **hiding place**, especially when there’s **housework** to do. Like, for example, when we have to **clean** the barbie.”
“Barbie? What do you mean?”
Kevin sah sich misstrauisch um. Hatte sie ihn in das Versteck gebracht, damit sie mit ihren Barbiepuppen spielten? Dabei war er kurz davor gewesen, Muriel ganz in Ordnung zu finden.
“Well, I don’t enjoy scratching old **fat** off a **metal plate**. Do you?”
Da verstand Kevin endlich. “Barbie! You’re talking about the barbecue!”
“Of course. What did you think?”
“Oh, erm, nothing. **Anyway** … have you ever thought about looking for Dillon’s secret pump?”
“Sure, but how? It’s his property. You can’t just go

---

place Ort
hiding place Versteck
housework Hausarbeit
clean putzen
fat Fett
metal plate Metallplatte
anyway jedenfalls

there and look. He knows how to **protect** his land."
"So you've never tried."
"Hey, if you think it's that easy, why don't *you* look for the pump? The school's going on a **field trip** to Dillon's farm on Wednesday. Let's see whether you can find something!"
"**All right,** I will. I don't like him, anyway. He's a **rude** man."
Muriel wollte etwas sagen, doch dann legte sie warnend den Finger an die Lippen. Augenblicke später hörte Kevin das Quietschen der Schuppentür.
"Kids, are you in here?", rief Martha. "Muriel, Kevin? Where are you?"
Die Schuppentür fiel wieder zu. Die beiden Kinder warteten noch einige Sekunden, aber es blieb ruhig. Kevin wollte Muriel zu ihrem grandiosen Versteck gratulieren, doch dann schluckte er die Worte wieder hinunter. Der Blick, mit dem sie ihn bedachte, war schon fast beleidigend.
"A 'rude man'?", sagte sie. "Kevy, you **definitely** need to learn some Aussie **swearwords**!"

---

protect beschützen
field trip Ausflug
All right. In Ordnung.
rude unhöflicher
definitely auf jeden Fall
swearwords Schimpfwörter

Field Trip

Montag war Kevins erster Tag in der australischen Schule. Es lief besser als befürchtet. Seine Mitschüler waren nett, und außerdem hatten sie jeden Tag Sport, Kevins Lieblingsfach.
Unerwarteterweise war er auch in einem anderen Fach gut, in dem er noch nie geglänzt hatte. Die Englischlehrerin Mrs Watson lobte Kevin vor der ganzen Klasse für seine Aussprache und Grammatik. Kevin war froh, als sie ihn in Ruhe ließ. Nachher hielt ihn noch jemand für einen Streber.

Am Mittwochmorgen standen zwei große gelbe Busse im Schulhof, die sie zu Dillons Farm bringen würden.
Chris und Trevor saßen in seinem Bus. Sie waren kaum losgefahren, als Trevor einen Pokal aus seinem Rucksack holte. Auf der Plakette war ein Floß eingraviert. Ein paar Schüler bewunderten die Trophäe und versicherten den beiden Floßfahrern, was für tolle Hechte sie seien. Kevin fand, dass Muriel recht hatte: Der Pokal sah wirklich schäbig aus.

Ein gut gelaunter Dillon erwartete sie im Hof seiner Farm. Er trug wieder seine Sonnenbrille, dazu ein T-Shirt mit einer lachenden Orange und den Worten

Dillon's ***Juicy*** *Oranges* darauf. Er hieß die Schüler auf seinem Land willkommen und versprach:
"I'll **show** you **around** **myself**. That way I can be sure that you **leave** my farm with the right **impression**."
Als Erstes führte er sie auf die Spitze eines Zitronensilos. Den ganzen Aufstieg über kribbelte Kevins Nase vom Geruch der eingelagerten Zitronen. Oben flog der Blick weit über das Land. Dillon ratterte stolz herunter, wie viele Hektar Land er besaß und wo die Grenzen zu den Nachbargebieten verliefen. Kevin erschrak, als er begriff, wie groß die Farm wirklich war. Man hätte ganz Hannover darauf unterbringen können.
Sie stiegen wieder in die Busse. Dillon fuhr mit seinem Geländewagen vorneweg. Das Auto war größer als das von Familie Lill und verfügte sogar über eine kleine Seilwinde vorn an der Stoßstange.
Ihr Ziel war ein Orangenfeld, auf dem die Bäume in Reih und Glied standen. Als sich alle Schüler um ihn versammelt hatten, riss der Farmer eine Frucht ab. Sie war noch ganz grün.

---

juicy saftige
show around herumführen
myself selbst
leave verlassen
impression Eindruck

"To get **ripe**, these oranges need a lot more sun. It'll take them a few more months until they become the *Dillon's Juicy Oranges* you all love."
Er deutete auf sein T-Shirt. Einige Schüler lachten.
"Don't they need a lot of water as well?", fragte Kevin.
Er war sicher, dass der Farmer ihn durchdringend musterte, auch wenn er es durch die verspiegelten Brillengläser nicht erkennen konnte. "Yes, sure. All plants need water to grow."
"But oranges need a lot, don't they? More than grapes, for example."
"Grapes, you say?" Dillons Kopf ruckte kaum merklich nach links, dorthin, wo Muriel stand. Dann lächelte er und zupfte ein Blatt von einem Orangenbaum.
"As you can see, my trees are all very **healthy**. They get all the water they need."
Er ließ das Blatt achtlos fallen und wandte sich wieder an alle Schüler. "Now, let's go back to the buses. You haven't seen half of what I want to show you today."
Kevin hob das Orangenblatt auf. Sein Grün war viel saftiger als das der Pflanzen, die Kevin bisher in der Gegend gesehen hatte.
"Oranges come from **southern Europe**, where it

---

ripe reif
healthy gesund
southern Europe Südeuropa

rains much more than in Australia", sagte Muriel, die neben ihm stand. "They're not like the native plants; they never had to **adapt** to **survive** with very **little** water."

"These orange trees do look healthy."

"Yeah. They're definitely getting enough water."

Kevin sah sie an. Muriel zuckte mit den Achseln.

"Let's go. We'll **miss** the bus."

Die nächste Station waren die Wassertanks, riesige silberne Gebilde, die im Sonnenlicht wie Raumschiffe funkelten. Große Rohrleitungen liefen in alle Richtungen und versorgten die Bewässerungsanlagen und Sprenger auf den Feldern mit Wasser.

Dillon zeigte den Schülern, welche Skala den Füllstand anzeigte und durch welches Rohr das Wasser aus dem Murray in die Tanks gepumpt wurde.

"Here you can see how many litres **have gone** through the **pipe**." Der Farmer zeigte auf einen verplombten Zähler. Das musste die Anzeige sein, die von der Polizistin regelmäßig überprüft wurde.

Aber konnte Dillon nicht eine weitere Leitung vom Fluss zu den Tanks haben? Das Gewirr von Rohren

---

adapt sich anpassen
survive überleben
little wenig
miss verpassen
have gone sind geflossen
pipe Rohr

war so unübersichtlich, dass ein Rohr mehr oder weniger sicher nicht auffiel. Oder es war gleich unterirdisch verlegt worden ...

Kevin spürte, wie Dillon ihn musterte. Der Farmer schien eine weitere Frage zum Thema Wasser zu erwarten.

Kevin schwieg.

Danach war es Zeit für das Mittagessen. Dillon hatte es sich nicht nehmen lassen, selbst für die Lunchpakete zu sorgen, und Kevin musste anerkennen, dass der Farmer nicht kleckerte, sondern klotzte. Es gab kalten Braten mit Salat und Brot, Orangenjoghurt, Zitronenkuchen und zum Nachtisch eine Tafel Schokolade. Dazu bekam jeder eine große Tüte Orangensaft (aus eigenen Früchten, betonte Dillon, ebenso wie der Joghurt), und sie durften sich an den bereitgestellten Obstkisten mit so vielen Apfelsinen und Zitronen eindecken, wie in ihre Taschen passten.

Ein paar von Dillons Mitarbeitern, die gerade Mittagspause hatten, gesellten sich zu den Schülern, die im Schatten der Tanks auf dem Boden saßen. Ein junger Mann erzählte von der abwechslungsreichen Arbeit auf der Farm. Schon als Schüler, sagte er, hatte er jedes Jahr für Dillon gearbeitet, wenn der in der Erntezeit fleißige Helfer benötigte. Schon damals hatte er sich entschlossen, nach der Schule auf Dillons Farm anzufangen.

"Yeah, right", murmelte Muriel. Sie lehnte neben Kevin an einem Tank und schälte eine Orange.

"But when he's in the **pub** he tells a different story, Dad says. Hard **work**, long hours and little money. That's what it's really like on Dillon's farm."

"Then why doesn't he say so now?", wunderte sich Kevin.

"Dillon probably pays him extra money if the kids **sign up** for harvest work. See, it's working already."

Der junge Farmarbeiter reichte eine Liste herum. Mehrere Schüler trugen sich darauf ein, und mit jeder Unterschrift sah der Mann zufriedener aus.

"So that's why Dillon **organized** the field trip. He needs **harvest workers**."

"And he gets them, even though he pays **less** than we do", seufzte Muriel. Sie wollte sich ein Stück Orange in den Mund stecken, hielt es dann aber Kevin hin.

"You can have it. **I've lost** my **appetite** for Dillon's Juicy Oranges."

---

pub Kneipe
work Arbeit
sign up sich eintragen
organized hat organisiert
harvest workers Erntehelfer
less weniger
have lost habe verloren
appetite Appetit

Die Tour ging weiter. Sie kamen zu einem Schuppen, vor dem tiefe Reifenspuren zu sehen waren. Drinnen waren die Erntefahrzeuge geparkt, gewaltige Maschinen mit Rädern, die Kevin um einen Kopf überragten. Es roch nach Benzin.

Erntehelfer fuhren zwei Maschinen heraus. Die Schüler drängelten sich in die Fahrerkabine, kletterten aufs Dach oder hielten sich an den Haltegriffen fest, die links und rechts angebracht waren. So drehten sie einige Runden über den Hof. Die Luft hallte wieder von Lachen und Jubelrufen, und auch Kevin genoss die Fahrt auf dem haushohen Gefährt. Dann fiel sein Blick auf Muriel, die im Schatten eines der Schuppen stand, und er hatte ein schlechtes Gewissen. Bei der nächsten Gelegenheit sprang er ab und stellte sich neben sie.

"And now I'll show you the loveliest **spot** on all of my land", rief Dillon.

---

spot Stelle

"Where does he mean?", wollte Kevin von Muriel wissen, doch sie zuckte nur mit den Achseln.
Sie fuhren eine Weile über die Felder, bis sie zu einem niedrigen Hang kamen. Baumkronen ragten darüber auf. Die Schüler verließen die Busse und erstiegen den Hang zu Fuß. Dahinter lag eine Senke, und in ihrer Mitte der Billabong.
Als Kevin das erste Mal hier gewesen war, hatte er kein Auge für die Landschaft gehabt. Jetzt sah er, was für ein schöner Ort es war. Der Billabong lag friedlich zwischen den Bäumen, aus deren Zweigen Kakadus und andere Papageien die Schüler beäugten. Wolkentupfer spiegelten sich im Wasser, und nicht weit entfernt glitzerte das gewundene Band des Murray.
"Sometimes a **winding** river decides to take a **short cut**", erklärte Dillon. "If the **original river bend doesn**'t **dry out**, it becomes a small lake, like this one. We call these lakes billabongs. Yes, what is it?"
Eine Schülerin hatte sich gemeldet. "**Was**n't this billabong **dug by hand**?"

---

winding sich windender
short cut Abkürzung
original ursprüngliche
river bend Flussbiegung
does dry out austrocknet
was dug wurde ausgegraben
by hand von Hand

"Why do you ask?"
"My grandfather **worked** for your father when he was young. I remember that he told me he once helped to **dig** a billabong."
"Well ... Yes, it's true, my father **had** this billabong **dug**. And I was very happy about it, I can tell you. When I was a child I **caught** yappees in it **almost** every day. Who wants to help me check whether they still live in there?"
Er hielt einige Kescher in die Höhe. Begeistert riefen die Schüler durcheinander. Bald standen sie am Ufer des Billabongs und fischten nach Süßwasserkrabben.
Kevin beteiligte sich nicht daran. Er hatte etwas entdeckt, das seine Neugier weckte: Im roten Sand waren frische Reifenspuren, die am Billabong vorbei und einen Hang hinaufführten, in Richtung Fluss. Wer war zum Flussufer gefahren? Und warum?
Er berichtete Muriel von seinem Fund. Gemeinsam folgten sie den Spuren. Mit jedem Schritt ließen sie ihre Mitschüler weiter zurück. Über ihren Köpfen krächzte ein Papagei, und ein plötzlicher Windstoß

---

worked hat gearbeitet
dig ausgraben
had dug hat ausgraben lassen
caught habe gefangen
almost fast

wirbelte eine kleine Windhose aus Staub auf, die sofort wieder in sich zusammenfiel.

Als sie oben ankamen, standen sie auf dem Rücken eines Hügels. Zu ihren Füßen schlängelte sich der Murray wie gehämmertes Silber. Ein Hausboot glitt leise tuckernd über die Wellen, aber Kevin achtete nicht darauf. Er hatte nur Augen für die Reifenspuren, die am Ufer endeten, genau vor einem kleinen Holzschuppen.

Muriel und er sahen sich an. In ihrem Gesicht konnte er lesen, dass sie sich beide die gleiche Frage stellten: War in diesem Schuppen eine Pumpe versteckt?

Schritte knirschten hinter ihnen. Kevin drehte sich – und sah sich selbst, ertappt dreinschauend, in Dillons Brillengläsern.

"What are you two doing here?", bellte der Farmer.

"No... nothing", stammelte Muriel. Kevin nickte hastig.

Dillon starrte finster auf sie herab, die Fäuste in die Hüften gestemmt. "The field trip is **over**. You'd better run, if you don't want to be **left behind**. Run!"

Kevin und Muriel rannten los, bloß weg von Dillon. Sie wurden erst langsamer, als sie bei den Bussen waren.

---

over zu Ende
left behind zurückgelassen

Nachts am Billabong

Tagsüber war es sonnig und heiß gewesen, und darum hatte Kevin nur einen dünnen Pulli mitgenommen. Jetzt zitterte er wie ein Grashalm im Wind. Die Nacht war empfindlich kalt, und der Fahrtwind tat ein Übriges, dass er entsetzlich fror. Wenn es jetzt noch geregnet hätte, wäre er sich wie im novemberlichen Deutschland vorgekommen. Aber der Himmel war wolkenlos, und über Kevins Kopf funkelten eine Milliarde Sterne um die Wette.

Nachts war Australien grau und schwarz. Farben existierten nur im Lichtkegel der Fahrradlampe: das fahle Orange des Sandes, mattgrüne Sträucher, das Braun eines geknickten Astes. Tiergeräusche hallten im Dunkel wider, keckernd oder bellend. Bei jedem neuen Laut fragte Kevin sich, wie groß das Wesen sein mochte, das ihn ausgestoßen hatte, und wie spitz seine Zähne waren.

Zum Glück rannten die meisten Tiere vor ihm davon. Nur einmal sah er einen unbewegten Schatten nah am Weg, und ein leuchtendes Augenpaar folgte ihm, als er daran vorbeifuhr. Kevin war so schnell gefahren, wie er konnte, und erst wieder langsamer geworden, als er Seitenstechen bekam.

Ein Stück voraus zeichnete sich eine dunkle Linie vor dem Nachthimmel ab. Das musste der Hügel sein, an dem sie sich treffen wollten. Hoffentlich war Muriel

schon da. Kevin hatte keine Lust, lange in der Kälte auf sie zu warten.
Unvermittelt vertrat ihm ein Schatten den Weg. Kevin erschrak so tief, dass er den Lenker verriss und in eine Sandkuhle stürzte.
Jemand eilte herbei und beugte sich über ihn.
Muriels Haar schimmerte im Sternenlicht.
"Kevin! Are you all right?"
"Don't do that again", stöhnte Kevin. "Ever!" Er war fest davon überzeugt gewesen, dass ihm ein wildes Tier auflauerte, oder Dillon mit seiner Pistole.
"Get up, **quickly**! There are snakes around here", warnte ihn Muriel.
"Snakes?!" So schnell war er noch nie aufgestanden.
Muriel klopfte seine Kleidung ab, um festzustellen, ob eine Schlange in Ärmel oder Hosenbeine gekrochen war. Kevin hielt den Atem an.
Doch nichts geschah. Keine Schlange zischelte wütend oder schlug ihre Giftzähne in sein Fleisch. Erleichtert atmete er aus.
Doch als er sich bückte und sein Mountainbike aufheben wollte, hielt Muriel ihn erneut zurück. Sie versetzte dem Rad erst einige Tritte und lauschte nach Schlangen, bevor sie Kevin gewähren ließ.
Während Kevin sein Rad zum Weg schob, sah er im Licht der Lampen Dornen aus den Reifen ragen. In-

---

quickly schnell

nerlich gratulierte er sich dazu, Grützes Rat gefolgt zu sein. Die pannensicheren Fahrradschläuche, die er heute Nachmittag gekauft und auf die Felgen gezogen hatte, waren eine gute Investition gewesen.

"Where's your bike?", fragte er.

Sie deutete auf ein Gebüsch abseits des Weges. "Over there. Are you coming?"

Sie war bereits losgegangen, auf den Billabong zu. Weil Kevin nicht zurückbleiben wollte, stellte er das Rad einfach an den Wegrand, nahm das Vorderlicht aus der Lenkerhalterung und lief ihr nach.

Sie waren noch nicht weit gegangen, als Kevin ein Geräusch hörte. Zuerst hielt er es für das Rauschen von Blut in seinen Ohren, doch das war es nicht. Es war ein dumpfes, gleichmäßiges Brummen, das aus der Ferne zu ihnen drang.

"Do you hear that? It's an **engine**." Muriels Flüstern bebte vor Anspannung.

"You mean, like a water pump?", wisperte Kevin zurück.

"What else?"

"It's true, then. Dillon really does have a secret pump."

"Probably. But we still have to find it."

Schweigend näherten sie sich dem Billabong. Kevin fiel auf, wie still die Nacht bis eben gewesen war. Die

---

engine Motor

Tierlaute hatten ihn erschreckt, aber sie waren immer noch ein Teil der Natur gewesen. Das Rattern der Maschine war dagegen wie ein Fremdkörper. Es gehörte nicht hierher.
Der Motorenlärm wurde lauter, je näher sie kamen. Bald übertönte er jedes normale Geräusch. Hätten sie sich nicht zufällig umgedreht und das Licht der Scheinwerfer gesehen, hätten sie das nahende Auto nicht rechtzeitig bemerkt. So konnten sie gerade noch den Weg verlassen und sich hinter einen Busch kauern.
Keinen Augenblick zu früh. Einen Herzschlag später preschte ein bulliger Geländewagen vorbei.
"That was Dillon's car." Kevin hatte die Seilwinde vorn am Wagen bemerkt.

"I don't think he saw us", sagte Muriel erleichtert. "**From now on** we should stay **off** the road."
Kevin widersprach nicht.
Sie warteten, bis das Auto die Anhöhe vor dem Billabong erklommen hatte und dahinter verschwunden war, ehe sie weitergingen. In der Dunkelheit war der Weg durch das Gesträuch ganz schön mühsam.
Über dem Billabong hing der Widerschein von elektrischem Licht. Sie näherten sich ihm nicht direkt, sondern bogen nach rechts ab, in Richtung Fluss. Der Boden wurde abschüssig, die Vegetation dichter.

---

from now on ab jetzt
off abseits von

Als sie das Flussufer erreichten, keuchte Kevin vor Anstrengung und Erleichterung.
Muriel wandte sich flussaufwärts. Kevin blieb dichtauf. Zu ihrer Linken, von einem niedrigen Anstieg verborgen, lag der Billabong. Von dort kam auch das Motorengeräusch, das jetzt so laut war, dass er sein eigenes Wort nicht mehr verstand.
Immer wieder flatterte Kevins Blick den Hang hinauf, und jedes Mal erwartete er, dort oben Dillons Silhouette zu sehen. Bange Momente vergingen, bis sich vor ihnen ein kantiger Umriss aus der Dunkelheit schälte. Der Schuppen! Kevin fiel ein Stein vom Herzen. Sie würden ganz kurz hineinschauen und dann so schnell wie möglich verschwinden.
Er stolperte. Der Ufersand war nass und kühl an Händen und Knien. Als er sich hochrappelte, sah er, dass er über einen Schlauch gefallen war. Er führte vom Fluss den Hang hinauf, hinter dem der Billabong lag. Kevin legte ein Hand auf den Schlauch und spürte Wasser hindurchströmen.
Triumphierend schaute er sich nach Muriel um – und erschrak. Hinter ihrer Schulter sah er, wie ein Lichtpunkt über den Sand huschte und rastlos auf sie zukam.
Oben stand ein kräftiger Mann, der mit einer Taschenlampe das Ufer absuchte.
Für einen verrückten Moment überlegte Kevin, ob Dillon auch jetzt seine Sonnenbrille trug.

Dann setzte sein Verstand wieder ein. “Muriel!”, rief er, packte sie am Arm und riss sie mit sich. Nur weg hier!

Sie hetzten den Uferstreifen entlang, so schnell sie konnten. Über den Pumpenlärm meinte Kevin die Rufe von Männern zu hören. Panisch lief er noch schneller.

Irgendwann konnten sie nicht mehr. Mit rasenden Herzen hockten sie in einer Senke und lauschten ins Dunkel, aber alles, was sie hörten, war das ferne Klopfen der Pumpe.

Kurze Zeit später waren sie wieder auf den Beinen.

“I have to tell my parents”, keuchte Muriel. “**Finally** we know what Dillon is up to.”

“Yeah”, schnaufte Kevin, “now they can take action against him.”

“I just wish we’d seen where he hides the pump.”

“In the shed. Where else?”

“Yes. Where else?”

Dann hörten sie auf zu reden, um ihre Kräfte zu schonen.

Nach einigen Minuten wurde Muriel langsamer und sah sich um.

“Isn’t this where you put your bike?”

---

finally endlich

Jetzt erkannte auch Kevin die Stelle wieder. “Yes. It should be over there.”
Doch das Rad war nicht da.
“Are you sure this is the right spot?”, fragte er.
“I think so. You brought a **torch**, didn’t you?”
Kevin reichte Muriel die Fahrradlampe. Sie richtete den Lichtstrahl suchend auf den Boden, und nach einer Weile rief sie ihn zu sich.
“Kevy, look at this.”
Kevin hatte nie Indianer gespielt und war auch nicht bei den Pfadfindern. Doch um die Spuren zu lesen, die den Sand durchzogen, war das gar nicht nötig.
Ein Auto hatte angehalten. Jemand war ausgestiegen und zu Kevins Fahrrad gegangen. Die Spur des Rads endete am Heck des Wagens, und von dort aus ging die Autospur weiter in Richtung Billabong.
Erschrocken sah Kevin Muriel an. Sie nickte düster.
“Dillon **took** your bike.”

torch Taschenlampe
took hat genommen

Dillon's Big Triumph

Am frühen Morgen hatte Australien einen ganz eigenen Charakter. Die Sicht war klar und weit. Im Osten überstrahlte die Sonne schon den Horizont, während im Westen noch Sterne standen. Im Morgenlicht funkelte der rostrote Staub wie Gold und die Luft schmeckte nach kühlem Tau.

Zwei Autos fuhren den Weg zum Billabong entlang. Das vordere war der Geländewagen der Lills, dahinter hielt sich der weiße Kombi von Familie Freitag. Kevins Eltern unterhielten sich in erregtem Tonfall, während Kevin selbst zusammengesunken auf der Rückbank lag und gegen seine schweren Augenlider ankämpfte, die immer wieder zufielen.

Es war eine anstrengende Nacht gewesen. Todmüde, halb erfroren und mit schmerzenden Füßen kamen Muriel und er in Waikerie an.

Kevins Eltern erwarteten ihn bereits: Sie hatten entdeckt, dass er heimlich verschwunden war und waren entsprechend übel gelaunt. Von ihrer Standpauke klingelten seine Ohren selbst jetzt noch. Was ihm einfiele, sich einfach aus dem Haus zu schleichen! Was ihm in der Nacht alles hätte passieren können! Welche Sorgen sie sich um ihn gemacht hatten!

Endlich durfte Kevin erklären, wo er eigentlich gewesen war. Er erzählte ihnen, was Muriel und er erlebt hatten. Doch anstatt sofort die Polizei zu rufen, wollten seine Eltern alles *ganz* genau wissen, als glaubten sie ihm nicht. Zum Glück rief kurz darauf Mr Lill an, um sich mit ihnen zu beraten.

Die Erwachsenen einigten sich darauf, gemeinsam am nächsten Morgen zum Billabong hinauszufahren. Mr Lill wollte Shannon McGraw, die Polizistin, benachrichtigen, damit auch sie die Pumpe sah. Und dann, so hoffte Kevin, würde sie Dillon verhaften, der Fluss würde wieder genug Wasser führen und die Farm von Muriels Familie wäre gerettet.

Ein Räuspern riss ihn aus seinen Gedanken. Karin hatte sich zu ihm umgedreht.

“Ihr seid also wirklich sicher, dass Dillon Wasser aus dem Fluss entnimmt? Oder vermutet ihr es nur?”

“Wir sind absolut sicher.”

“Gut. Müssten wir nicht längst da sein? Du kannst doch unmöglich den ganzen Weg zum Billabong und zurück *gelaufen* sein.”

“Hin bin ich gefahren. Aber nachher war mein Rad weg. Ich glaube, Dillon hat es mitgenommen.” Er gähnte.

“Das teure Mountainbike – weg?”, schnaubte Martin. “Jetzt glaubst du wohl, du kriegst gleich ein neues von uns?!”

“Tu ich doch gar nicht.”

“Das wär ja wohl auch noch schöner.”

Kevin schwieg. Warum war sein Vater nur so wütend?

Kurz darauf knirschten die Reifen im Sand. Zwei weitere Autos waren schon am Billabong. Das eine hatte Seitenstreifen in grellem Orange und ein Blaulicht auf dem Dach. Aus dem anderen kletterte Dillon, und er sah aus, als habe er rohe Zitronen gefrühstückt.

Eine junge Frau in Polizeiuniform wechselte ein paar Worte mit den Lills, dann kam sie zu Kevins Familie. Ihr Pferdeschwanz wippte bei jedem Schritt.

Nachdem sie die Erwachsenen begrüßt hatte, wandte sie sich an Kevin. “Good morning. You’re Kevin, right? I’m Officer McGraw, but you can call me Shannon.” Sie reichte Kevin ihre Hand.

“I understand that you and Muriel want to show us something.”

“Yes, we …”

“This is **ridiculous**!” Dillon trat hinzu. Sein kalter Blick glitt von Kevin über dessen Eltern zu den Lills, um schließlich auf Shannon hängenzubleiben.

“These kids have been trespassing on my property. Now they **accuse** me of being a **water thief.** You should **arrest** *them*!”

“We**’re** not **lying**!”, rief Muriel. “We saw it – you **were pumping** water from the river.”

---

ridiculous lächerlich
accuse beschuldigen
water thief Wasserdieb
arrest verhaften
are lying lügen
were pumping haben gepumpt

"That's right", bestätigte Kevin. "Why would we say that if it wasn't true?"
Dillons Finger richtete sich auf John Lill. "Because *he* wants me **off** my land. We all know his farm is in trouble. But he's a clever man, and his property is next to mine. So he**'s plotting** against me **in order to** get my land."
"Now *you*'re being ridiculous", versetzte Muriels Vater. "People **have suspected for a long time** that you've been taking water from the river. But nobody could **prove** it. Until now, **thanks to** Mu and Kevy."
"You can't prove anything!"
"**That's enough!**"
Shannon trennte die beiden Männer, die wie Kampfhähne voreinander standen.
"The kids will show us what they saw", sagte sie. "Then we'll know who**'s right**."
"There's nothing to show."
"But then you have nothing to worry about, Mr Dillon", warf Karin ein.

---

off runter von
is plotting schmiedet ein Komplott
in order to ... um ... zu ...
have suspected haben den Verdacht
for a long time seit Langem
prove beweisen
thanks to dank
That's enough! Das reicht!
is right recht hat

Seine Augen verengten sich. "**Unlike** you, Mrs Freitag. You could have been on my **side**. Instead, you **let** your boy help John's kid **to stick her nose in** where it **does**n't **belong**. For that I'm going to **cancel** your project, the **funding**, everything. In two weeks you'll be back in Germany."
"Wait a minute! *My* project? The desalination project was your town's idea! You needed a water engineer. I **came** here because you asked me to. You can't **send** us home now!"
"We'll see about that."
Siegessicher setzte Dillon seine Sonnenbrille auf und verschränkte die Arme.
Sie setzten sich in Bewegung, Kevin und Muriel vorneweg, als letzter ging Dillon, leise vor sich hin pfeifend.
Kevin fühlte sich so unwohl wie nie zuvor. Irgendetwas stimmte nicht.
Muriel spürte es auch. "What do you think?", fragte sie gedämpft, während sie den Hügel hinaufstiegen, der sie vom Fluss trennte.

---

unlike anders als
side Seite
let ... haben ... erlaubt
to stick her nose in ihre Nase reinzustecken in
does belong hingehört
cancel streichen
funding Finanzierung
came bin gekommen
send schicken

"I don't know. What does he know that we don't?"
"We can't **be wrong**. Or can we?"
Kevin zuckte mit den Schultern.
Sie erreichten den Schuppen am Flussufer. Kevin berichtete, wo er über den Schlauch gestolpert war und dass er gefühlt hatte, wie das Wasser hindurchschoss.
"And this shed must be where he hides the pump", schloss er.
"Did you see it?", fragte Shannon.
Muriel schüttelte den Kopf. "But we heard the **noise** coming from the billabong."
Shannon wandte sich an Dillon. "Could you open the shed, please."
Kevin hatte erwartet, dass Dillon sich zieren würde. Stattdessen holte er ohne Umschweife den Schlüssel hervor und ließ das Schloss aufschnappen. Die Tür quietschte in den Angeln. Kevin hielt den Atem an.
Im Innern des Schuppens tanzte Staub in der Morgensonne. Der Boden des winzigen Raumes war mit schmutzigen Bretterstapeln bedeckt. An den Wänden hingen Sägen und Beile. Von einer Pumpe war nichts zu sehen.
"What is this?", fragte Shannon in die unangenehm laute Stille hinein.

---

be wrong falsch liegen
noise Lärm

Dillon machte ein seltsames Geräusch. Kevin erkannte erst beim zweiten Hinhören, dass er seufzte.
"I've always wanted to build a raft with my children. I **bought wood** and **tools** almost ten years ago. But as a farmer and mayor of Waikerie, I never found the time."
John fuhr über eines der gestapelten Bretter. Sein Finger hinterließ eine helle Spur in der Staubschicht. "They've been here for years", sagte er tonlos, und seine Schultern sackten ein Stück nach unten.
Kevin sah seine Eltern an. Karins Blick huschte von den Brettern zu Dillon und wieder zurück. Und Martin bedachte Kevin mit einem enttäuschten Kopfschütteln, bei dem ihm flau im Magen wurde.
"Moment mal. Du denkst doch nicht etwa, dass …", begann Kevin. Dann wurde er von Muriel unterbrochen. "Dad, there was a pump! We heard the noise. You have to believe me!"
"There's nothing here, Mu."
"Maybe the pump's hidden **somewhere else**. There could be **another** shed **nearby**. We'll look for it. We'll find it."

---

bought habe gekauft
wood Holz
tools Werkzeug
somewhere else irgendwo anders
another noch ein
nearby in der Nähe

"That won't be **necessary**."
Shannon zog ein großes Papier hervor und faltete es auseinander. Darauf war ein Satellitenbild zu sehen, ähnlich dem, das Grütze Kevin geschickt hatte.
"This is a **satellite photo** of the area around the billabong. It doesn't show another shed. This is the only place you could hide a pump."
"Then he must keep it somewhere else, and he brought it here last night. At his farm, that's where it is. It must be." Muriel war den Tränen nahe.
"I don't think so", sagte Shannon ruhig. "It's five **kilometres** from Dillon's farm to here. But the farm is less than one kilometre from the **closest** bend in the river. Why would anyone bring a pump from the farm to the billabong when the river is much closer?"
"Because …"
"Mu, stop", sagte John leise.
"But Dad …"
"Quiet! I don't want to hear another word." Seine Stimme war schneidender, als wenn er gebrüllt hätte. Muriel verstummte. Nur noch das Hochziehen ihrer Nase war zu hören.

---

necessary nötig
satellite photo Satellitenfoto
kilometres Kilometer
closest nächsten

"Well, I think we're **done** here." Dillons Mundwinkel kräuselten sich zu einem verächtlichen Lächeln. "Like I said, nothing but lies."
"I'd **rather** say they made a mistake", sagte Shannon. "I'm sure the kids believed they were right. They didn't have any bad **intentions towards** you, Mr Dillon."
"If you say so." Aber er sah dabei nicht die Polizistin an, sondern John.
"Anyway, now that **they've been proven wrong**, I think they **owe** Mr Dillon an **apology.** Don't you think so?" Die letzten Worte waren an Kevin und Muriel gerichtet.
Kevin traute seinen Ohren nicht. Sich bei Dillon entschuldigen? Niemals! Doch dann fing er den bitterernsten Blick seines Vaters auf. Widerwillig blickte er zu Dillon auf. "I'm … I'm … sorry, sir."
Er musste die Worte förmlich aus sich herauspressen. Noch schwerer fiel es Muriel, ihre Entschuldigung zu murmeln. "Yeah. Sorry." Wie sie mit hängenden Schultern dastand, bot sie ein Bild des Jammers.

---

done fertig
rather eher
intentions Absichten
towards gegenüber
they've been proven wrong ihnen bewiesen wurde, dass sie falsch lagen
owe schulden
apology Entschuldigung

Dillon gab sich keine Mühe zu verbergen, wie sehr er seinen Triumph genoss.
"I think I'll let the kids **get away** with trespassing on my land", sagte er so gönnerhaft, dass Kevin sich am liebsten übergeben hätte. "Though I don't think they did it **of their own accord**. I think they were told to come here and **spy on** me."
Bei den nächsten Worten richtete Dillon sich zu seiner vollen Größe auf. Sein Zeigefinger deutete erst auf John, dann auf Karin.
"Your kids may be **off the hook**, but that doesn't mean that you are. If you **mess with** the most powerful man in Waikerie, you're going to have to pay for it."
Kevin und Muriel sahen sich an. In diesem Moment wären sie beide am liebsten im Boden versunken.

---

get away ungestraft davonkommen
of their own accord aus eigenem Antrieb
spy on hinterherspionieren
off the hook aus dem Schneider
mess with ... dich mit ... anlegst

Grütze hat ein Ass im Ärmel

Username and password accepted. Login complete.
User KevMaster, welcome to the chatrooms of www.across-the-globe.de.
There is 1 other user logged in. Username: Gruetze314.

KevMaster: Die Welt ist schlecht.
Gruetze314: Ich grüße dich zurück, Kevin. Sitzt du wieder heimlich am Laptop deiner Mutter?
KevMaster: Nein, seit heute hab ich Internet in meinem Zimmer.
Gruetze314: Gratuliere! So wird Hausarrest zum Vergnügen.
KevMaster: Eher nicht. Hier sind 33 Grad im Schatten, das Haus ist die reinste Sauna.
Gruetze314: Wie lange musst du noch einsitzen?
KevMaster: Eine Woche noch. Bis zum Rückflug.
Gruetze314: Autsch. Deine Eltern lassen dich vorher wirklich nicht mehr raus?
KevMaster: Lieber schwitze ich mich zu Tode, als sie zu fragen. Sie würden es ohnehin nicht erlauben. Sie haben Angst, ich könnte alles noch schlimmer machen.
Gruetze314: Du hast dafür gesorgt, dass ihr wieder nach Deutschland zurückfliegt. Was könntest du denn noch anstellen?

KevMaster: Hey, ich wollte das doch nicht! Also, ich wollte schon nach Deutschland zurück, aber nicht so.

Gruetze314: Weiß ich doch.

Gruetze314: Was hat Karin dazu gesagt, dass ihr Entsalzungsprojekt gestrichen ist?

KevMaster: Nicht viel. Sie tut so, als hätte sie ohnehin nie etwas erreichen können, aber immer, wenn jemand den Murray erwähnt, fliegt ihr was ins Auge.

Gruetze314: Wenigstens musst du mit deinen Eltern nie wieder Stadt, Land, Fluss spielen.

KevMaster: Ich finde das überhaupt nicht witzig! Ich komme vielleicht heil aus der Sache heraus. Aber Muriels Familie nicht.

Gruetze314: Was meinst du damit?

KevMaster: Dillon tut alles, um die Lills zu ruinieren. Banken, Händler, alle wollen plötzlich ihr geliehenes Geld zurück. Wenn nicht ein Wunder geschieht, müssen sie ihre Farm verkaufen. Und ich bin schuld dran.

Gruetze314: Kannst du kurz damit aufhören, dich selbst zu bemitleiden?

KevMaster: Ich fange gerade erst an.

Gruetze314: Ich habe nämlich Neuigkeiten. Du erinnerst dich, dass du mir von der versteckten Pumpe und dem Billabong erzählt hast.

KevMaster: Ja. Und?
Gruetze314: Nun, ich habe etwas gefunden, was dir dabei helfen kann, diese Pumpe doch noch zu finden - wenn du das wirklich willst.
KevMaster: Natürlich will ich das! Die Pumpe ist der Beweis, dass Dillon kriminell ist. Wenn er auffliegt, ist Muriels Farm vielleicht zu retten, und das Projekt meiner Mutter ebenfalls.
Gruetze314: Eben. Und du würdest das ganze Jahr in Waikerie bleiben. Hältst du dagegen die Füße still, bist du in einer Woche zurück in Hannover.

KevMaster: Hmm.
KevMaster: Klar will ich zurück nach Hause. Aber ich will auch, dass Muriels Eltern ihre Farm behalten können. Und wenn ich ehrlich bin …
Gruetze314: Ja?
KevMaster: Seufz. Also gut: Es ist nicht alles schlecht in Australien. Ich denke, ein Jahr werde ich es hier schon aushalten.
Gruetze314: Aha.
KevMaster: Bist du jetzt böse auf mich?
Gruetze314: Warum?
KevMaster: Vielleicht, weil du willst, dass ich bald wieder zurückkomme. Du weißt schon, bester Freund und so.

Gruetze314: Vielleicht. Aber dann müsste ich bloß die Datei löschen, die ich gefunden habe.
KevMaster: Stimmt.
KevMaster: Und, wirst du sie löschen?
Gruetze314: Quatsch. Ich wusste schließlich, dass du versuchen würdest, Dillon doch noch das Handwerk zu legen. Darum habe ich dir die Datei längst geschickt.
KevMaster: Wow, du bist echt der Beste!
Gruetze314: Ich weiß.
KevMaster: Okay, ich sehe eine E-Mail von dir. Ist die Datei im Anhang?
Gruetze314: Ja. Ich habe sie an einer Stelle gefunden, auf die du mich gebracht hast.
KevMaster: Du meinst doch nicht etwa …?
Gruetze314: Die australische Landvermessungsbehörde, genau.
KevMaster: Du hast einen Regierungsserver gehackt? Du bist total irre!
Gruetze314: Was denn? Ich habe denen gleich danach Bescheid gesagt, dass sie eine bessere Firewall installieren müssen. Außerdem habe ich das alles nur für dich getan.
Gruetze314: So, und jetzt lass uns gemeinsam die Datei anschauen …

Alone

"Okay, I'll see you in fifteen minutes!"
Kevin legte auf, warf das schnurlose Telefon auf den Küchentisch und stürmte zur Haustür.
"Wohin des Wegs, Sohnemann?"
Er hatte den Knauf schon halb herumgedreht, als Martins Stimme ertönte. Sein Vater stand in der Wohnzimmertür und sah Kevin missbilligend an.
"Äh … ich muss ganz kurz raus. Darf ich?"
Martin legte den Kopf schief.
"Natürlich nicht", brauste er dann auf. "Du hast Hausarrest!"
"Aber Dad …"
"Nichts da. Hausarrest bedeutet, dass du das Haus nicht verlassen darfst, wann es dir beliebt. Das ist nun mal deine Strafe. Und nicht nur deine."
Kevin hatte einen Streit seiner Eltern belauscht und wusste, was sein Vater meinte. Seit ihr Projekt abgesetzt war, verbrachte Karin jede freie Minute am Fluss, um die verschiedenen Techniken zur Entsalzung zu testen. In diesen letzten Tagen wollte sie so viel wie möglich erreichen. Martin musste unterdessen den Kerkermeister für Kevin spielen.
Er setzte ein gezwungenes Lächeln auf. "Lass uns nicht streiten, ja? In ein paar Tagen sind wir wieder daheim und alles ist wieder gut."

“Aber ...”, begann Kevin. “Moment mal. Alles ist gut? Das klingt, als würdest du dich freuen, dass wir zurückfliegen müssen.”
“Unsinn. Warum sollte ich mich darüber freuen?”
Er log nicht sehr überzeugend.
“Was?”, rief Kevin fassungslos. “Du freust dich, dass wir nach Hause fliegen? Dabei hast du mir doch immer erzählt, wie toll Australien wird und wie viel Spaß wir hier haben werden. Du ... du hast mich angelogen!”
“Jetzt hör aber auf. Gut, ich wäre lieber in Deutschland geblieben, genau wie du. Na und?”
“Verstehst du nicht? Zusammen hätten wir Mama überreden können, in Hannover zu bleiben. Du hättest nur etwas sagen müssen!”
“Glaubst du denn, das wusste ich nicht?”
“Aber ... Warum hast du nichts gesagt?”
“Warum, warum. Wegen Karin natürlich.”
Jetzt war Kevin vollkommen verwirrt. “Wie?”
“Kevin, deiner Mutter bedeutet dieses Projekt sehr viel. Sie hat hart dafür gearbeitet, nach Waikerie gehen zu können. Hier hätte sie etwas ausrichten können. Wenn es ihr gelungen wäre, die Versalzung des Flusses aufzuhalten, hätten alle profitiert, die Menschen und die Natur. Ich wäre lieber in Deutschland geblieben, aber weil ihr das Projekt so wichtig war, war es mir auch wichtig.”
“Das ... Das wollte ich ihr nicht kaputtmachen.”

“Ich weiß”, sagte Martin sanft. “Und deine Mutter weiß das auch.”
Kevins Gedanken begannen zu rasen. “Aber dann müssen wir unbedingt dafür sorgen, dass sie es zurückbekommt!”
“Ich denke, du hast genug Unheil angerichtet. Mach die Sache nicht noch –”
“Nein, du verstehst nicht! Ich weiß jetzt, wo Dillon seine Pumpe versteckt. Wenn wir sie finden, ist das Projekt gerettet!”
“Stopp!”, sagte sein Vater scharf. “Ich verbiete dir, wegen dieser angeblichen Pumpe noch irgendetwas zu unternehmen. Abgesehen davon hast du Hausarrest.”
“Hausarrest? Ist das denn jetzt noch wichtig?”
“Natürlich. Strafe muss sein.”
Kevin starrte seinen Vater an. “Ach so, ich verstehe. Du willst gar nicht, dass alles wieder gut wird. Du willst bloß zurück nach Deutschland. Klar, du wolltest ja auch nie hierher. Wie es Mama dabei geht, interessiert dich nicht.”
Martins Gesicht verfärbte sich rot.
“Was fällt dir ein, du …? Nicht ich, sondern *du* hast den mächtigsten Mann der Stadt gegen uns aufgebracht. Außerdem, natürlich würden wir hierbleiben, wenn es nach mir ginge. Aber –”
“Beweise es!”
“Beweisen? Was willst du, eine schriftliche Bestätigung?”

"Ich will eine Minute Vorsprung."
"Eine Minu- he, halt! Hiergeblieben!"
Doch Kevin war schon aus dem Haus gestürzt.

Die Schatten waren lang. Vogelschwärme flatterten durch die Kühle, die sich über den Abend legte. Als Kevin den Bootssteg erreichte, klebte er trotzdem am ganzen Körper. Er war gerannt wie ein Weltmeister, denn natürlich hatte Martin ihm keinen Vorsprung gelassen. Zum Glück war Kevin der schnellere Läufer.

Die Sandbank, die Muriel und ihm beim Floßrennen zum Verhängnis geworden war, zeichnete sich dicht unter der Wasseroberfläche ab. Der Fluss führte immer noch zu wenig Wasser. Kevin seufzte und setzte sich ans Ende des Bootsstegs. Vor ihm dümpelte das alte Feuerwehrfloß auf den Wellen, und seine Haltetaue ließen den Steg knarzen.

Während Kevin wartete, machten sich beklommene Gedanken in seinem Kopf breit: Was, wenn Grütze sich irrte? Wenn der Plan fehlschlug? Oder wenn Muriel nicht kam?

Zumindest Kevins letzte Sorge erwies sich als unbegründet. Der Steg erzitterte unter raschen Schritten, und kurz darauf ließ Muriel neben ihm die Beine übers Wasser baumeln.

"So your parents **let** you **out at last**?", sagte sie, ohne ihn anzusehen.
Kevin machte eine unbestimmte Handbewegung, die "No", "Yes" oder auch "Let's not talk about this because it's too **embarrassing** for me" bedeuten konnte.
"So what do you want to talk about?", fragte Muriel. "I don't have much time."
Kevin sparte sich die langen Vorreden. "I know where Dillon's pump is."
Überrascht sah sie auf. Kevin bemerkte, dass ihre Augen gerötet waren, als habe sie in der letzten Zeit viel geweint. Auf seinen Blick hin sah sie hastig wieder aufs Wasser.
"Come on, Kevy. You know what happened last time. You know **where it got us**."
"It's hidden in the billabong. When he needs to take water from the river, he pulls it **out of** the water with the **winch** on his car. That's why nobody could find the pump. They never thought of looking under water."
"But –"

---

let out haben rausgelassen
at last endlich
embarrassing peinlich
where it got us wohin uns das gebracht hat
out of aus
winch Winde

"Look what a friend **of mine sent** me." Kevin holte ein Stück Papier aus seiner Hosentasche und faltete es auseinander. "It's a satellite photo of the billabong. An old one. Look at the **date at the bottom**."

"1971", las Muriel die Jahreszahl ab. "We weren't even **born** then. What **use** can this picture be?"

"Remember that the billabong was dug by hand? This picture was taken during that time. You can see that the hole has been dug, but it has**n't** been **filled** with water **yet**."

Muriel studierte das Bild, so wie Kevin es vorhin am Bildschirm seines Computers studiert hatte.

"The thing in the middle – it could be a **machine**. And what's that **on the edge** of the billabong?"

"I think it's the **start** of an **underground** pipe that **leads** to the water tanks."

---

of mine von mir
sent hat geschickt
date Datum
at the bottom unten
born geboren
use Nutzen
filled aufgefüllt
not yet noch nicht
machine Maschine
on the edge am Rand
start Anfang
underground unterirdischen
leads führt

Sie drehte das Papier hin und her, um mehr Einzelheiten zu erkennen. Nach einer Weile ließ sie es mit gerunzelter Stirn sinken.
"This friend of yours, where did he get this?"
"Never mind", winkte Kevin ab. "Anyway, he always says that you can find **anything** if you look in the right place. And I think he's right. That's why we're going to go to the billabong again."
"What?", rief Muriel laut. "**I'm not setting foot on** Dillon's land, and you should**n't either**. Do you have any idea what he'll do if he finds you there again?"
"What? What could he do? Mu, he's cancelled my mum's desalination project, and he's about to **ruin** your parents. How else could he hurt us?"
"He could shoot us."

---

anything alles
am not setting foot on setze keinen Fuß auf
not either auch nicht
ruin ruinieren

"Oh, please. This is real **life**, not a **thriller**. Dillon wouldn't shoot two children just for trespassing." Kevin versuchte, sich nicht anmerken zu lassen, dass er von seinen Worten selbst nicht völlig überzeugt war.

"And what do you want us to do? Jump into the billabong and pull the pump out by hand?"

"No. We'll pump the water out with this."

Muriels Miene, als er auf das Pumpenfloß zeigte, war unbezahlbar. Sie öffnete den Mund, doch es kam nur ein heiseres Krächzen heraus. Kevin wartete einen Moment, dann fragte er sie: "So what do you think?"

"I think you're the biggest **jerk of all time**!", rief sie entrüstet. "You want me to go trespassing with you for the third time! You want to look for a machine which, if it **exists at all**, is probably hidden **nowhere** near the billabong! And in order to do all that you want to steal the pump raft!"

"It's not stealing. It's borrowing."

Aufgebracht sprang Muriel auf. "Call it what you like. I won't have anything to do with it!"

---

life Leben
thriller Krimi
jerk Depp
of all time aller Zeiten
exists existiert
at all überhaupt
nowhere nirgendwo

Kevin sah ihr nach, wie sie den Steg verließ und über die Uferwiese lief. Ein letztes Mal ragte ihr Kopf über einer Mauer hervor, dann war sie verschwunden.
"Ja, geh nur", sagte er. "Ich brauche dich nicht. Ich lege Dillon auch allein das Handwerk."

Die nächste halbe Stunde war die schlimmste in Kevins Leben.
Er hatte es sich ganz einfach vorgestellt, sich das Pumpenfloß auszuleihen: Leinen los, Motor an, und dann auf in Richtung Billabong. Doch in der Realität war alles bedeutend schwieriger.
Kaum hatte Kevin die Haltetaue gelöst, erfasste die Strömung das Floß und trug es langsam flussabwärts. Kevin mühte sich mit dem Außenbordmotor ab, doch es gelang ihm nicht, ihn in Gang zu setzen. Wie besessen zog er wieder und wieder am Startseil, doch der Motor wollte einfach nicht anspringen. Kurz gab er ein Tuckern von sich, das jedoch gleich wieder erstarb.
Unterdessen hatte sich das Floß schon ein ganzes Stück vom Anlegesteg entfernt. Als Kevin das bemerkte, geriet er in Panik. Wenn jemand sah, wie er mit dem Pumpenfloß auf und davon fuhr, würde er niemals auch nur in die Nähe des Billabongs gelangen. Zur Zeit war niemand auf den Uferwiesen, der ihn sehen konnte, doch je weiter er fuhr, umso eher würde ihn jemand entdecken.

Also bewaffnete er sich mit einer Stakstange und bewegte das Floß mit Muskelkraft. Leider war es kein Rennfloß, sondern ein großes, unhandliches Gefährt mit einer schweren Pumpe und zwei Schlauchtrommeln an Bord. Zu allem Überfluss musste Kevin auch noch gegen die Strömung staken, weil Dillons Farm flussaufwärts lag.

Bald war er außer Atem. Er hätte sich gern eine Verschnaufpause gegönnt, aber sobald er einen Moment innehielt, trieb das Floß wieder in die falsche Richtung. Kevin blieb nichts anderes übrig, als weiterzustaken. Als er die erste Flussbiegung erreichte, fühlten sich seine Oberarme an wie aus Holz.

“Was tue ich hier eigentlich?”, stieß er erschöpft hervor.

Gerade entführte er das städtische Pumpenfloß. Vor Muriel hatte er zwar bestritten, dass es Diebstahl war, aber ob die Polizei das genauso sehen würde … Außerdem wollte er zum wiederholten Male auf Dillons Land vordringen, um den Billabong leerzupumpen. Damit beging er Landfriedensbruch, Nötigung und vermutlich noch zehn andere Straftaten, von denen er noch nichts wusste. Konnten in Australien Kinder ins Gefängnis kommen?

Kevin war davon überzeugt gewesen, dass Muriel ihm beistehen würde. Aber Muriel war fort, und mit ihr die Gewissheit, dass alles gut werden würde.

Dunkelheit senkte sich auf den Fluss. Kevin fröstelte. Die Stakstange lag bleischwer in seinen Händen, und in seinen Schultern hatte er kein Gefühl mehr. Schlammträge floss das Wasser unter dem Floß dahin. Vor dem dunkelblauen Nachthimmel zeichneten sich unbeweglich die Schatten des Ufers ab.
Kevin brauchte einen Moment, um zu verstehen, was das bedeutete: Das Floß bewegte sich nicht mehr. Die Strömung war hier so stark, dass er nicht mehr vorwärts kam.
Tränen liefen ihm über die Wangen. Er schniefte, ließ die Stange fallen und schrie verzweifelt: "Scheiße!"
Plötzlich schreckte er hoch. Am Ufer bewegte sich ein Lichtschein. Das Geräusch eines Motors durchschnitt die Nacht, kam näher und erstarb dann genau auf seiner Höhe. Eine Wagentür klappte.
Kevins Herz klopfte wie eine aus dem Takt geratene Maschine, als eine Gestalt auftauchte.
Er musste sich an der Pumpe festhalten, so sehr zitterten seine Knie. In seiner Vorstellung stand dort die Polizistin mit griffbereiten Handschellen. Oder Dillon, eine Pistole in der Hand und auf den Lippen ein hässliches Grinsen.
"Kevin? Are you there?"
Als er die Stimme erkannte, war er so erleichtert, dass er laut aufschluchzte. Und es war ihm kein bisschen peinlich.

"You didn't even bring a torch? Did you bring **anything**, **apart from** your satellite photo?" Muriel gab sich keine Mühe, ihren rüden Tonfall zu mildern. Kevin störte sich nicht daran, sondern schlüpfte wortlos in den Pullover, den sie ihm aus ihrem Rucksack reichte. Unterdessen schimpfte Muriel weiter.
"I should have stayed at home. And I would have. Except that I knew you'd be stupid enough to go to the billabong alone, although you have no idea **how to start** the pump. Or the raft engine. Don't you know what the **choke** is for?"
Im Licht ihrer Taschenlampe machte sie sich am Außenborder zu schaffen. Ein kräftiger Zug am Seil, und schon gab der Motor ein gemütliches Tuckern von sich.
"Steer us. If you can manage, that is." Sie überließ Kevin den Griff des Motors. Kevin gab Gas, und das Pumpenfloß setzte sich gehorsam in Bewegung. Schon bald erschien ihm der erste Teil der Floßpartie wie ein böser Traum.
"Is there anything else you didn't think of?", schimpfte Muriel weiter. "Should I have brought –"

---

anything irgendetwas
apart from außer
how to start wie man anwirft
choke Starterklappe

"Mu", sagte Kevin ruhig, "I'm glad you're here and everything, but please, **shut up**."
Sie funkelte ihn an. Dann stürmte sie in den Bug und ließ den Lichtstrahl ihrer Taschenlampe übers Wasser gleiten. Das Licht zitterte, und Kevin begriff, dass Muriel genauso viel Angst hatte wie er. Bei diesem Gedanken war seine eigene Furcht plötzlich nur noch halb so groß.
Auch mit Hilfe des Motors dauerte es noch eine ganze Weile, bis zu ihrer Linken der Umriss von Dillons Schuppen am Ufer auftauchte. Sie vertäuten das Floß an einer Wurzel und lauschten. Alles war dunkel und ruhig.
"Let's do it", sagte Muriel.
Sie spuckten in die Hände, packten ein Schlauchende und legten sich ins Zeug. Die Trommel quietschte laut, als sie den Schlauch Stück für Stück abwickelten, während sie ihn hinter sich herzogen.
Kevin und Muriel überquerten den Uferstreifen, passierten den Schuppen, liefen den Hügel hinauf und auf der anderen Seite wieder hinab bis zum Billabong. Bald standen sie knöcheltief im kalten Wasser. Als es ihnen bis zur Brust ging und sie nicht mehr weiterwaten konnten, ließen sie das Schlauchende zu Boden sinken. Das Quietschen der Trommel verstummte, und die Stille des Outbacks kehrte zurück.

Shut up. Halt den Mund.

Mit klappernden Zähnen gingen sie wieder zum Floß. Muriel machte sich an der Plane zu schaffen, die die Pumpe abdeckte. "Kevin, help me."
Beinahe hätten sie es nicht geschafft, die Plane loszumachen.
Beim Anblick der Pumpe stöhnte Kevin auf. Sie sah aus wie aus dem vorletzten Jahrhundert. Sie war von Rost bedeckt, der so rot war wie der Sand im Outback. Sicher war sie längst kaputt und alle ihre Anstrengungen waren umsonst gewesen!
Muriels Miene verriet, dass sie den gleichen Gedanken hatte.
"How do we start it?" Er bemühte sich, zuversichtlich zu klingen.
"**First** we have to **fill** it **up**."
Sie hantierte an der Maschine herum, probierte Hebel und Rädchen aus und fand schließlich, wonach sie gesucht hatte: einen Verschlussdeckel, der den Geruch nach Benzin verströmte.
"This is the **fuel tank**."
"Is it full?"
"Not yet."
Sie zog eine Flasche aus ihrem Rucksack und ließ den Inhalt in den Tank gluckern. "Diesel. I took it out of the fuel tank of the car."

---

first zuerst
fill up auffüllen
fuel tank Benzintank

"**Good thinking**."
"I know."
Sorgfältig schraubte sie den Tank wieder zu. Dann deutete sie auf eine Eisenkurbel an der Seite der Pumpe.
"See this **crank**? When I say 'when!', you **turn** it. And **let go straight away**, or it'll turn so fast it can **break** your arms."
Kevin schluckte, aber er legte die Hände ohne Widerspruch um den Kurbelgriff. Muriel drückte einen Hebel an der Pumpe herunter. Dann sagte sie: "When!"
Kevin kurbelte – zumindest versuchte er es. Doch der Griff bewegte sich keinen Millimeter.
Er richtete sich auf, um Atem zu schöpfen. Er schüttelte die Arme aus, lockerte seine Finger und schloss sie wieder um den Griff, ehe er Muriel zunickte.
"When!"
Die Kurbel hätte an der Pumpe festgeschweißt sein können, so fest saß sie.
Sie tauschten die Positionen, doch Muriel hatte an der Kurbel genauso wenig Erfolg wie Kevin.

Good thinking. Gut gedacht.
crank Kurbel
turn drehst
let go loslassen
straight away sofort
break brechen

"Scheiße", murmelte sie.
Er glaubte, er habe sich verhört. "Erm … What?"
"Oh, I know what it means. I have internet too, you know." Sie zwinkerte ihm zu.
"We need to do it **together**", schnaufte Kevin, nachdem sie sich beide noch ein paarmal vergeblich an der Kurbel versucht hatten.
"But one of us has to push the **lever** down."
"I'll do it with my foot."
"Are you sure? If the crank hits you, it could break more than just your arm."
Muriel klang so besorgt, dass Kevin grinsen musste.
"Mu, are you worried about me?"
"I'm as much worried about you as you're trying to **impress** me", gab sie zurück.
"Well … but look, we have to do it. We can't start the pump any other way."
Sie sah ihn einen Moment lang an, dann seufzte sie.
"All right, but be careful."
Kevin stemmte einen Fuß gegen den Starthebel der Pumpe und umfasste die Kurbel. Muriel legte die Hände neben seine. Jetzt oder nie!
"When!"
Gemeinsam warfen sie sich in die Kurbel. Ein, zwei Umdrehungen, und die Pumpe sprang an.

---

together zusammen
lever Hebel
impress beeindrucken

Der Lärm war ohrenbetäubend. Dicker schwarzer Qualm stieg auf, und das Floß vibrierte plötzlich wie ein Presslufthammer. Muriel ließ die Kurbel rechtzeitig los, aber Kevin war zu langsam. Mit einem Schmerzenslaut fiel er rücklings zu Boden.
Behutsam tastete er seine Arme ab. Als Muriel ihm aufhalf, protestierten seine Handgelenke, aber es schien nichts gebrochen zu sein.
Plötzlich ging ein kühler Schauer auf sie herab. Doch es war kein Regen. Es war eine Wasserfontäne aus dem Schlauchende auf dem Floß, die sich in hohem Bogen in den Murray ergoss.
"That's water from the billabong", frohlockte Muriel. "It's working!"

Sie liefen zurück zur Wasserstelle. Auf der Oberfläche war ein kleiner Strudel zu sehen. Dort musste das Schlauchende liegen.
"And now?", fragte Kevin.
Muriel zuckte die Achseln. "Now we wait."
Ihre Geduld wurde auf eine harte Probe gestellt. Der Wasserstand des Billabong ging millimeterweise zurück, so langsam, dass Kevin Stöckchen in den Uferschlamm stecken musste, um einen Fortschritt zu erkennen. Alle paar Minuten fragte er Muriel, ob die Pumpe auch wirklich auf vollen Touren lief. Endlich passierte etwas – Kevin hatte das Gefühl, es mussten Stunden vergangen sein. Das Wasser war um einen

guten Meter zurückgegangen. In der Mitte durchbrach ein Gegenstand die gekräuselte Oberfläche und blitzte im Mondlicht.

“Mu!”, rief Kevin aufgeregt. Er wartete nicht, sondern stieg geradewegs ins nachtkalte Wasser. Schlamm quoll ihm in die Schuhe, und einmal spürte er einen Fischleib an seiner Hand entlanghuschen.

Auf halbem Weg hörte er Rufe. Es war Muriel. Sie rannte auf den Billabong zu, wobei sie wild mit den Armen gestikulierte. Kevin watete weiter. Nur noch wenige Schritte trennten ihn von der Pumpe, nach der sie so lange gesucht hatten – jetzt würde er nicht umkehren.

Hinter ihm erreichte Muriel das Ufer. Sie rief ihm etwas zu, aber Kevin achtete nicht auf ihre Worte. Er überwand die letzten Meter und stand endlich vor dem Ding, das der sinkende Wasserspiegel immer weiter freilegte.

In dem Moment, in dem er danach griff, wusste er, dass es sein Mountainbike war. Offenbar hatte Dillon es an dem Abend, als er sie um ein Haar erwischt hatte, einfach in den Billabong geschmissen.
Es kostete Kevin alle Kraft, das Rad durchs Wasser ans Ufer zu tragen. Das Abenteuer forderte allmählich seinen Tribut, und er sehnte sich nach seinem warmen Bett.
“Kevin! Come out!”
Jetzt erst bemerkte er die Panik in Muriels Stimme. Sie ging ihm einen Schritt entgegen, blieb wieder stehen und deutete in Richtung Weg. “He’s coming! He’s coming!”, rief sie immer wieder.
Da sah Kevin das Auto auf dem Hügelkamm. Und jetzt, endlich, ergaben ihre Worte einen Sinn. Dillon war hier.
Kevin war so erschöpft, dass er keinen Schreck verspürte. Wie in Trance legte er den restlichen Weg ins Trockene zurück und Muriel hielt sich dicht bei ihm.
Dillon bremste erst im letzten Moment, und der Wagen kam keinen Meter vor den beiden zum Stehen. Geblendet kniffen sie die Augen zusammen, sie hörten das Knallen der Autotür, dann trat Dillon ins Scheinwerferlicht.
Sein Körper bebte wie ein Kessel, der unter hohem Druck stand. Sein Gesicht war eine hässliche Fratze, und im Hosenbund zeichnete sich gegen das karierte Hemd ein Pistolengriff ab.

"*You!*", schäumte Dillon. "What are *you* doing here?!"
Mit einer Kühnheit, die ihn selber überraschte, ließ Kevin die Hand auf den Fahrradsattel fallen. "We were looking for my bike."
"Your bike? I'll ..." Dillon stockte. Offenbar bemerkte er erst jetzt den niedrigen Wasserstand des Billabong. Er wurde noch wütender.
"Where's the water gone? And what's that noise?"
Seine Hand zuckte zur Pistole. Aber er griff nicht danach, sondern deutete mit dem Finger auf sie. "You're going to show me where this **hose** leads. And if I were you, I'd be hoping that there isn't a pump on the other **end**."
Ohne ein Wort gingen Kevin und Muriel los, den Schlauch entlang. Dillon blieb dicht hinter ihnen und gab ihnen einen Stoß, wenn sie langsamer wurden. Kevin sah Muriel an, und sie erwiderte seinen angstvollen Blick. Sie wusste so wenig wie er, wozu Dillon fähig war.
"I don't believe it", stieß Dillon ungläubig hervor, als sie den Hügelkamm erreichten. "You **stole** the pump raft. You little thieves!"
"We didn't steal it, we –"
"Shut up!"

---

hose Schlauch
end Ende
stole habt gestohlen

Kevin verstummte.
Sie legten die letzten Schritte zum Floß zurück. "Stay here", befahl Dillon über den Motorenlärm hinweg. Kevin und Muriel gehorchten, und er ging zur Pumpe und stellte sie ab. Kevins Ohren fiepten in der plötzlichen Stille.
Dillon drehte sich um und kam langsam auf sie zu. "So what do I do now?", fragte er bedrohlich. "You know my **secret**. If I let you go, you're going to tell everyone. But if I don't ..."
Muriel und Kevin sahen sich entsetzt an.
"Please, Mr Dillon, we won't tell anyone anything, we promise!", bat Muriel. "Just let us go."
"Well, I want to, of course. But if I do ..." Mittlerweile hielt er die Pistole in der Hand und rieb sich damit hektisch über die Stirn.
"Please don't hurt us, sir!", flehte Kevin in Todesangst. "We're just kids ..."
Das Aufheulen eines Motors unterbrach ihn. Sekunden später erschien ein zweites Auto auf dem Hügel und raste auf sie zu.
"What ...? Who ...?", stotterte Dillon.
Als Kevin sah, wer dort kam, kannte seine Erleichterung keine Grenzen mehr. Es gab nur ein Auto in Waikerie, das rote und blaue Lichter auf dem Dach hatte.

---

secret Geheimnis

“The police! We’re **saved**!”, jubelte er.
“Just **in time**”, ergänzte Muriel erleichtert.
Es war tatsächlich Shannon, die aus dem Wagen sprang. Sie vergewisserte sich kurz, dass Kevin und Muriel in Ordnung waren, dann nahm sie Dillon die Pistole ab und legte ihm Handschellen an. Er ließ alles über sich ergehen. Als Shannon ihn zum Wagen brachte, fing Kevin seinen Blick auf. Dillon schien über das rechtzeitige Eintreffen der Polizei tatsächlich genauso froh zu sein wie er.
Dann tauchten auch seine Eltern auf und erdrückten ihn fast mit ihrer Umarmung. Auch Martha und John waren da und nahmen Muriel in den Arm. Die beiden Kinder waren so müde und aufgekratzt, dass sie sich beim Erzählen ständig verhaspelten und dreimal neu ansetzen mussten.
Als sie zum Billabong kamen, sah Kevin, dass Dillon die Pumpe zu spät abgestellt hatte. Im Licht der Autoscheinwerfer ragte etwas aus dem Billabong hervor wie eine kleine Insel. Kevin brauchte nicht zu warten, bis der Gegenstand geborgen und die Plane entfernt worden war, um zu wissen, dass es sich um Dillons Pumpe handelte.

---

saved gerettet
in time rechtzeitig

White Christmas

Martins Stimme drang durch die geschlossene Tür von Kevins Zimmer. “Sohnemann, Besuch!”

Kevin tippte hastig seinen Satz zu Ende und schickte ihn an Grütze, dann sprang er auf und lief zur Haustür. Im Flur begegnete er Martin, der sich mit dem Taschentuch die Stirn tupfte.

“Wenn du willst, darfst du heute raus”, schnaufte er.

Kevin sah ihn überrascht an, doch Martin winkte lächelnd ab.

Vor dem Haus erwartete ihn eine strahlende Muriel. Die Aussicht, dass das Wasser nun für alle reichen würde und ihre Eltern die Farm behalten konnten, schien sie auch nach einer Woche noch in beste Laune zu versetzen.

“Hi, Mu.”

“Hi, Kevy. **Still grounded**?”

“Not any more. At least, I don’t think so.”

“Great. It’s been really **fantastic** weather these last few days. And they opened the **Christmas grotto** today. I thought you’d like to **check** it **out**.”

“The Christmas grotto?”, sagte er skeptisch.

Still grounded? Hast du noch Stubenarrest?
fantastic fantastisch
Christmas grotto Weihnachtshöhle
check out austesten

"Yeah, in the town hall. They put up lots of **Santas** and Christmas trees, and there's music and you get sweets and stuff. It's nice."

"I don't know ..."

Sie zuckte die Achseln. "You could ask your mum and dad. I'm sure they'll let you out for the afternoon."

"Mum's down at the river. She's working really hard for the desalination project, now that she's got it back."

"What about your dad?"

"He ... Look, Mu, I don't really want to go to this grotto thing. Christmas should be cold, with snow, not thirty-four **degrees in the shade**."

"Thirty-six, actually", sagte sie vergnügt. "Anyway, I thought you'd say that. That's why I brought you something." Sie öffnete die Kühltasche, die sie mitgebracht hatte, und kramte darin herum. Kevin sah, wie Muriel etwas Weißes herausnahm und hinter ihrem Rücken versteckte.

"What is it?"

"In Australia, Christmas means heat and **dust** and barbies. **You'll get used to it.** But since you like

---

Santas Weihnachtsmänner
degrees Grad
in the shade im Schatten
dust Staub
You will get used to it. Du wirst dich daran gewöhnen.

snow, I'll give you snow. **Prepare** to **receive** some **Christmas spirit**!"

Und damit warf sie ihm Gregs Schneeball ins Gesicht.

---

prepare bereite dich darauf vor
receive empfangen
Christmas spirit Weihnachtsstimmung